ラルーナ文庫

異世界で保父さんになったら 獣人王から 求愛されてしまった件

雛宮さゆら

三交社

CONTENTS

Illustration

三浦采華

異世界で保父さんになったら
獣人王から
求愛されてしまった件

本作品はフィクションです。
実際の人物・団体・事件などにはいっさい関係ありません。

序章　抱きしめる腕

握っていたはずのザイルから、手が離れてしまう。坂上蓮《さかがみれん》は、必死に足を突っ張った。

しかし足場は柔らかくぐしゃりと崩れてしまい、そのまま真っ逆さまに落ちる、落ちる。

全身が容赦なく岩壁に叩《たた》きつけられ、どこもかしこも激しく痛んだ。

「うぁ、あ……、ああ、あ……」

落下する蓮の目には、青い空が映っていた。雲ひとつない晴天。気温は涼しく心地のいい季節だけれど、しかし岩山から落ちる蓮にとってはそれどころではない。

「っあ、あ、あ……あ！」

このままでは体を山の岩肌に叩きつけられて、死すら冗談ではなくなってしまう。ぞく、と悪寒の走った蓮の体を、なにか強い力が抱きとめてくれた。

「……え」

まるで力強く、逞《たくま》しい腕のようだ。それはしっかりと蓮を抱きしめ、しかし落下する勢

い は止まらない。

（俺……死ぬのかな）

強い腕に抱きしめられたまま、蓮は考えた。抱きしめられたことで、少し心に余裕ができたのかもしれない。顔をあげると、ふわりと、まるで動物のたてがみのように揺らめいて、煌《きら》めく銀色が目に入った。

（この……銀色の……獣？　に抱かれて、死ぬのかな）

落下の勢いは止まらない。蓮の意識は徐々に薄れてきて、やがてすべてを手放して目を閉じた。

第一章　異世界の保父さん

ぽすん、と勢いよく、なにか柔らかいものの上に落ちた。

蓮は、目をしばたたかせる。落ちたものは柔らかくはあったけれど同時にどこかごつごつとしてもいて、いったいなんの上に落下したのか、首を捻《ひね》った。

「お、れ……？」

「なにごとだ」

低い、男の声がした。蓮は、はっと顔をあげる。

（……銀髪？）

最初に目に入ったのは、それだった。きらきらと輝く銀色の中から、艶《つや》めく青が、じっと蓮を見ている。

（青の、目……？）

蓮は、何度も目をしばたたいた。やがて視界に映ったのは、銀色の被毛を持つ大きな豹《ひょう》のような生きもので、しかしそれは首から下は人間のようで、それが背を伸ばして座っているのだ。

「わ、わ……わ？」

その目は、かなり近くにあった。青い目はアーモンドのような形で、瞳孔《どうこう》がまん丸で、どこかかわいらしい感じもある。しかしそれでいてきりりとつりあがっていて、そこに鋭い力を感じてぞくりとした。

「なに……、ごと」

「それは、私の台詞《せりふ》だ」

低い声がそう言った。蓮は、びくりと全身を跳ねさせる。

「いつまで、私の膝《ひざ》の上にいる。下りろ」

「は、はっ？」

膝？　蓮は首を捻って、そして自分がこの獣頭の男の膝の上に座っているのだということに気がついた。

「わぁぁ、すみません！」

蓮は、座っていたところから飛び退《の》いた。すると固い床に足をしたたかにぶつけてしまい、小さな声で呻《うめ》いた。

「なぜおまえは、このようなところに？」

「それは、俺が訊《き》きたいです……」

足をさすりながら、蓮は言った。

「俺、山に登っていたはずなんですけど。どうして、こんなところに？」

どうして、と言いながら、蓮は自分が膝に乗っていた男をしみじみと見た。あちこちに飾られた、色とりどりの宝石がうつくしい。胸ははだけられていて、幾重もの太い首飾りをつけている。無造作にまとった衣からは逞しい腕が出ていて、手首にもまた何本もの腕飾りがあった。

腰には革ベルトのようなものが巻いてあって、鳥の羽根の房がいくつも下がっている。腰には二本の短刀が下げてあるようだ。短刀の柄にも、宝石がちりばめてある。

下半身には毛羽だった布で作られたズボンを穿《は》いていて、くるぶしが見えている。裸足《はだし》に履いているスリッポンのような形をした靴も、革のようだ。先端には細かな刺繍《ししゅう》が施してあった。

なによりも、彼のまとっている衣装は色とりどりだった。赤に黄色、青に黒。金色に銀色、さまざまな色が絶妙なバランスを生んでいて、豹頭の男をひどく魅力的に見せている。

男を魅惑的に見せている衣装だとはいえ、蓮の目には奇異なものであることには違いない。蓮はいささか気圧《けお》されて、男から視線を外し、あたりを見まわした。

男があぐらをかいているところは二段ほど高くなっていて、上座であるらしい。それを囲むようにたくさんの人物が控えている。彼らの衣装も男のものに似ていて、あちこちに宝石をつけていて、コスプレでなければ現代のものではないことは明白だ。

(それに……あれ。どうなってるんだ?)

男の頭のことである。まわりの者たちも、獣頭の者も人頭の者もいて、互いに違和感など抱いていないようだ。人頭はともかく、獣頭はいったいどうなっているのだろうか。かぶりものなのだろうか。そのわりにはなんとなく全体にフィットしていて、毛並みもよく、目もきらきらと鋭く輝いている。

「おまえ、名は?」

「は?」

「名前を聞いている。なんというのだ、異雲人」

「いうんじん?」

名を名乗る前に、頭が「?」でいっぱいになってしまった蓮は、豹頭の男をまじまじと見る。すると蓮の後ろから、ぱたぱた、ぱたぱた、といくつかの小さな足音が聞こえてきたのだ。

「いうんじんがきたの？」

「わぁ、ほんとうだ！　へんなふく！」

蓮は振り返った。するとそこには小さな、色鮮やかな民族衣装をまとった子供たちが四人、走ってきている。獣頭の子もいれば、そうでない子もいた。

「わぁぁ……」

蓮の口角は、自然にあがった。蓮の職業は保育園の保父である。子供が好きだから選んだ職業であり、子供を見るとついつい笑顔になってしまうのは仕方のないことだ。

「この子たち、あなたの子供ですか？」

「子持ちに見えるか？」

豹頭の男は、どこか不機嫌に言った。しかしそれを気にしている場合ではない。子供たちは蓮のジャケットの袖を、裾《すそ》を、飛びかかってきて襟もとを引っ張り、そしてかぶっていた毛糸の帽子を引き摑《つか》んで脱がせたのだ。

「うわぁ、無茶すんなよ！」

「なにこれ、ふわふわー」

「へんなふく！　かみだってこんなの！」

「いてて、引っ張るな！」

子供たちはやんちゃだった。歳《とし》のころは、四、五歳だろうか。幼稚園に入ったあたり、一番のいたずら盛りである。

蓮は一計を講じた。

「はいみんな、両手でばんざい！」

蓮が大きな声で言うと、子供たちはぴくっと動きを停止した。そしていっせいに、両手を挙げたのだ。

「そのまま、座る！　おてては後ろ！」

子供たちは、面白いように蓮の言うがままになった。すとんと床に座った子供たちに、いくつものため息が洩《も》れる。仕事柄、子供たちをコントロールする術《すべ》は心得ている。この程度のこと、朝飯前だ。

蓮はまわりを見まわした。部屋にいる大人たちが、その光景を唖然《あぜん》として見ている。

（びっくりされたかな……？）

獣頭の人物は性別がよくわからないけれど、衣装から察するに、男も女もいるようだ。

彼らは互いにひそひそと話してはいるものの、大きな声はあげない。上座の男の発言を待っているようだ。彼はその青い瞳《ひとみ》で、広間で起こっている一部始終を眺めている。

（なんだか……中央アジアあたりの時代劇みたいだな）

蓮は、何度も目をぱちくりとさせた。

(王さまと、家来って感じ。じゃあ、あの子供たちは?)

「そこの、異雲人」

その中の初老の男が、こほんと咳払《せきばら》いをしながら言った。王らしき男の発言を待たないということは、相当に身分の高い者か。

「名をなんという。どこからやってきたのだ?」

「あ、俺は……」

蓮が名乗ると、その場の者たちはさまざまな反応をした。驚く者、訝《いぶか》しげな顔をする者、なんでもないことであるように息をつく者。そして子供たちは揃《そろ》って「なにいってるのー?」と言った。名前だという認識もないらしい。

目の前の獣頭の男は、低い声で言った。

「私は、黒緋《くろひ》という。この雪豹《ゆきひょう》国の、王だ」

「……王」

蓮は唖然とした。山から落ちた自分は、いったいどこの世界に迷い込んでしまったというのだろうか。現実世界だとはとても思えない。頭がおかしくなったのでなければ、異世界、というところに違いない。

黒緋は、次々とまわりにいる者の名前を挙げていった。とても覚えきれないけれど、それでも蓮はせめてもとひとりひとりに会釈をする。

「そして、そちらは鴬地《おうち》。私の弟だ」

鴬地は、黒緋よりも濃い銀色の髪の、人の頭をした青年だった。蓮を見て、にやりと笑う。その笑みには、どうにもばかにされているような感覚がある。蓮はややむっとしたものの、このようなところで反抗心を見せても仕方がない。

「どうも、よろしく」

同時に敵意のようなものを感じたのは、気のせいだっただろうか。蓮は思わず鴬地をまじまじと見てしまい、すると彼は皮肉な笑みを濃くした。

「おれもおれも！」

声をあげたのは、子供たちだ。彼らは座って、手を後ろにしたまま全身を揺らしている。

「おれは裏葉《うらは》！」

「……ぼく、常磐《ときわ》」

「あたし、あたし！　あたしは千歳《ちとせ》！」

「山桃《やまもも》よ」

子供たちは、きゃいきゃいと声をあげた。一様に似たような、賑《にぎ》やかな子供たちだと思ったけれど、すでに一人前に個性が生まれているらしい。それでもしばらくは、どの子がなんという名前だったか迷うことだろう。

（しばらく……？）

蓮は、はっと息を呑《の》んだ。自分はどこから来たのだろう。なぜこんなところにいるのだろう。そしてどうやって帰ればいいのだろうか。

顔をあげると、黒緋がじっと蓮を見ている。その青い瞳に縋《すが》るように、蓮は見つめた。

「おまえは、異雲人だ」

「……なんですか、それは」

不安な思いとともに、蓮は尋ねた。

「異なる雲の下から来た者という意味だ。この国には、昔から……どういうきっかけなのか、異雲人がやってくることが稀《まれ》にある。その容姿もさまざまで、すべてがひとところから来たとは思えぬな」

「俺が……、異雲人」

自分の人生でそのような、奇妙な存在になってしまうことがあるとは思わなかった。蓮はその場にぺたりと座り、唖然と黒緋を見つめている。

そんな蓮に同情したのか。黒緋は、その瞳の光を少し緩めた。豹頭という蓮にとっては異様な姿ではあるが、少しずつその表情が読めるようになってきたような気がする。

「異雲人を、もとの世界に帰してやる術はない。今のところはな」

その言葉は、蓮を少しだけ安心させた。今のところ、ということは、そのうち帰ることができるのかもしれないと思い、しかしそれが今日明日のことではないことも、同時に感じ取ってしまった。

「その、異雲人は、ほかにもいるんですか……？」

蓮の言葉に、黒緋は首を振った。

「今はいないな。私も本物を見たのははじめてだ」

「前の異雲人がやってきたのは、五十年前との記録がありますな」

初老の男が、再びの咳払いとともにそう言った。

「その人は？　どうなったんですか？」

「爺《じじい》になって、死んだよ」

吐き捨てるように鴬地が言った。蓮は思わず目を見開く。

「そう記録が残っているだけで、私たちが見たわけではないが」

鴬地のもの言いをフォローするように、黒緋が言った。見かけは馴染《なじ》みがないけれど、黒緋はやはり優しい人物なのだと蓮は思った。

しかし鴬地のほうは、蓮の表情が変わるのを見るのが楽しいらしい。やはりにやにやと笑いながら、言葉を続ける。

「おまえも、爺になるまで、いや死ぬまで、ここにいることになるかもな」

蓮は息を呑む。黒緋は軽く鴬地を睨《にら》んで、そして蓮に言った。

「そろそろ子供たちを、自由にしてやってくれ」

「え、子供?」

あまりにもおとなしくしていたので、忘れていた。蓮は手を後ろにして座っている子供たちに、声をかけた。

「もう、好きにしていいよ」

「わぁい!」

子供たちが歓声をあげる。彼らは飛びあがるように立ちあがり、てんでに好きなところに走り出すが、一番のお気に入りは黒緋の膝の上らしい。

「黒緋さんの、子供じゃないんですか?」

「違うと言っただろう」

そう言われることは不愉快なのか、黒緋はむっつりして言った。

「兄上は、親のない子を集めて育てていらっしゃるんだ。酔狂なことにな」

　そう言う鴬地は、そのことを快く思っていないらしい。子供は自分たちに対する大人の反応に敏感だ。子供たちの誰《だれ》ひとりも、鴬地のもとには近づいていかなかった。

（まぁ、無理もないけど）

「ねぇ、どうしてこんなにかみがみじかいの？」

「どうしてこんなふくきてるの？」

　再び子供たちは、蓮の髪や服を引っ張りはじめる。閉口しながらも、蓮は誠実に答えてやった。

「異雲人だからだよ。ここは、違う場所から来たの」

「ここは？」

「ちがうばしょって、なぁに？」

「……わかんないのなら訊くなよ」

　思わず子供たちに突っ込みを入れながら、蓮は肩を落とした。黒緋が、くすくすと笑う。

「子らよ、あまり蓮をいじめるでない」

　黒緋が言うと、子供たちは蓮の髪を引っ張るのをやめた。

「蓮っていうの？」

「ねぇ、蓮？　蓮っておなまえ？」

「ああ、そうだよ」

確か裏葉といった、獣頭の子供の頭を蓮は撫《な》でる。

「あたし！　あたしも！」

千歳という子供の頭も撫でると、蓮の両手は塞《ふさ》がってしまった。しかしもうふたりも、頭を撫でてもらおうと待っている。

「あー、よしよし」

蓮は、四人の頭を交互に撫でた。歓声をあげる子、うっとりと目を瞑《つぶ》る子、もっともっととねだる子、そのままこてんと眠ってしまう子。四人四様の反応が面白い。

「黒緋さんには、奥さんはおいでではないのですか」

蓮が尋ねると、黒緋はますます苦い顔をした。まずいことを訊いてしまったかと思ったけれど、時すでに遅かった。

「妻も子もいない。おまえは私を、なんだと思っているのだ」

「え、でも、王さまなんでしょう？」

王には、王妃がつきものなのではないか。なんなら側室がいてもおかしくない。この非常識な世界の中では、なにを聞かされても驚かない。

「奥さんが……王妃さまがいないといけないんじゃないんですか？」

その場に、奇妙な沈黙が落ちた。蓮はきょろきょろと、まわりを見まわす。

「な、なんですか？」

なにかおかしなことを言ってしまっただろうか。頭を撫でられたことで、もっともっととねだってくる子供たちをあやしながら、蓮はどきどきと胸を高鳴らせた。

（ど、どうしよう……打ち首とかになったら）

我ながらわけのわからない発想だとは思うが、なにしろここは、蓮の理屈が通るかどうかわからない異世界である。なにが起こってもおかしくないのだ。これ以上よけいな口は利くまいと思ったけれど、もう言ってしまったことは仕方がない。

「今日は、黒の月、緋の日だ」

重々しい声で、黒緋は言った、なんのことかと首を傾《かし》げた蓮だったが、それが月と日付のことであるということがわかった。

「お名前と、同じですね」

「そうだな、私は二十八年前の、この日に生まれた」

「お誕生日ですか。おめでとうございます！」

蓮はまた弾んだ声で言ってしまい、この世界で誕生日が祝われるべきものであるかどうかわからないと反省する。また、やってしまった。

「……まぁ、めでたいといえば、めでたいのだろうな」

重々しい声で、黒緋は言った。そしてじっと、蓮を見る。その視線に蓮はたじろいだ。

(な、なに……)

彼の青い瞳は、蓮に注がれている。その緊張感を破るように、鴬地の声がした。

「黒の月、緋の日に現れた、異雲人」

彼の声に、蓮はどきりとする。

「蘇羅《そら》の予言が、告げている。その異雲人が、王の花嫁だ」

「……花嫁?」

聞かされた、異《い》なる言葉に蓮は首を傾げた。

「花嫁、ですか」

「そうだ。花嫁だ」

黒緋は、重々しくそう言った。

「その者が、私の花嫁……王妃になる」

「その人がまだ現れていないから、黒緋さんにはまだ王妃さまがいらっしゃらないのですね」

「呑気《のんき》なことを」

呆《あき》れたように、鴬地が言った。

「その花嫁は、おまえじゃないか」

「……は？」

子供のひとりを抱きあげながら、蓮は言った。

「花嫁って、女の人でしょう？　俺は、男ですよ」

「性別など、関係ない」

黒緋は、唸《うな》るように言った。

「蘇羅の予言は絶対だ。今日現れた異雲人が、私の花嫁になる。おまえが、その花嫁だ」

「俺、が……？」

唖然として、蓮は言った。何度も目をぱちくりとさせるのを、広間の者たちがじっと見ている。

「黒緋さんの花嫁、とか」

喘《あえ》ぎ喘ぎ、蓮は言葉を綴《つづ》る。

「俺、そんなの知らないですよ……男なのに花嫁とか、わけわからない」

「しかし、予言にはそう出ているんだ」

ものわかりの悪い蓮に苛《いら》立《だ》ったように、鴬地が言った。

「蘇羅の予言には、従わなくてはならない。さもないと、国が滅びる」

そう言ったのは、黒緋だった。彼のもの言いは重々しく、逆らいがたい威厳がある。蓮は、ぴしりと背を正した。

「俺が花嫁にならないと、国が滅びる、ですか……」

それは、あまりにもプレッシャーの大きな言葉だ。蓮は思わず大きく震え、そんな彼に黒緋は微笑《ほほえ》んだ。

「それほど重圧に感じることはない。なにも今、ここで祝言を挙げようというわけではない」

「そうですか……」

その言葉に、ほっとした。胸を撫で下ろした蓮は、薄い笑みを浮かべている黒緋に視線を向ける。彼の笑みは、きゅっと濃くなった。

「蓮が、私の花嫁になりたいと思うようになればいいのだ。蓮から私に、花嫁にしてくれとねだるようになればいいのだ」

「それは、素晴らしいお考えですな」

初老の大臣が、そう言った。

「え、え、え」

その会話に、蓮は戸惑うばかりだ。子供たちをあやす手も止まってしまい、四人からブーイングを受ける。

「ちょうど、子供たちも懐いていることだしな」

「ええ、それはようございました」

「俺を無視して、話を進めないでー！」

思わず蓮は声をあげた。それを聞いた子供たちが、あはは、と声をあげて笑う。そのさまはとてもかわいらしくて、それにはとても癒《い》やされたのだけれど。


元気いっぱいの銀色の獣頭の男の子が、裏葉。

眠っていることの多い一見ぼんやりした、しかし一番大物の貫禄《かんろく》を備えている黒髪の男の子は、常磐。

きゃぴきゃぴしていて、やはり元気いっぱいの、明るい髪の女の子が、千歳。

常盤と雰囲気は似ているが、それ以上にどこか悟っているような、長い黒髪の女の子が山桃。

「わぁ……！」

蓮は、子供たちの館を訪れた。子供たちに会いたいと、蓮が願い出たのだ。部屋に連れてきてくれたのは袖と裾の長いカラフルな服を着た女性たちで、どこか困ったような顔をしている。

「どうしたんですか？」

館への道すがら、蓮は尋ねた。廊下は石造りで、庭園に面した窓からは乾いた風が吹いてくる。景色には切り立った岩が目立ち、緑は少ない。高地なのだな、と思った。そんな蓮を見ながら、女性はますます困った顔をして言うのだ。

「子供たちの乳母が、いないのです」

「いない？」

乳母などという存在には縁遠いけれど、この時代がかった世界には、あたりまえの存在なのだろう。それがいないとは、どういう意味なのだろう。

「では、子供たちの面倒は誰が見ているんですか？」

「わたしたちが、交代で」

難しい顔をして、女性は言った。

「ですが、わたしたちには子育ての経験はありません。乳母どのだけが頼りだったのに、体調を崩されて……」

「それは、お気の毒です」

蓮も、また難しい顔になって言った。蓮の頬《ほお》を、乾いた風に煽《あお》られた髪が叩く。女性の肌には大敵な空気だ、と思った。

「代わりの人を探してるとか？」

「探してはいますが、王宮の子供たちにふさわしい乳母となると、なかなか適当な人物がいないのです」

「どうして、王宮に子供がいるのですか？」

館は、荒く削られた石造りの、こぢんまりとした建てものだった。このどこか寒々しい景色の中、まわりにはぐるりと鮮やかな花々が植えられている。入り口には衛兵らしき獣頭の男がふたり立っていたけれど、子供たちの衛兵だからなのか顔つきは特に優しかった。

建てものの中も石造りで、しかし窓が大きく取ってあるせいか入り込む光は風以上に多く、暖かな雰囲気を感じる。子供たちが住むにふさわしい場所だと思った。

こちらでございます、と指し示され、奥まった部屋に足を進めながら蓮は尋ねた。

「黒緋さんの子供……じゃないですよね？」

王妃がいないと言っていた彼を思い出して、蓮は言った。ついでに自分が花嫁だと言われたことも、思い出した。それを思うと（俺は男だ）と顔が歪《ゆが》んでしまうけれど、今ここで思い出すことではない。

そんな蓮を見やりながら、女性は答えて言った。

「もちろん、違います」

驚いたように、女性は言った。

「黒緋さまが憐《あわ》れんでお引き取りになった、親のない子たちです。皆、先の戦で親を亡くしてしまって」

「戦……、戦争？」

蓮は驚いて、女性の顔を見た。彼女は陰鬱《いんうつ》な表情をして、うなずく。

「隣国、蜻蛉《せいれい》国との戦いがあったのですよ……黒緋さまの働きで和解をして、今では国交が成り立っていますが、そのときに行く場所を失った、親のない子を陛下は養っておられるのです」

「そうなんですか……」

あの賑やかな子供たちが背負っている重い過去を思い、蓮は思わずため息をついた。

「陛下がこよなく愛されていることで、皆すくすくと育ってはおりますが。しかし乳母がいなければ細かい世話はしかねます。皆で頑張ってはいるのですが、手をこまねいているところでございまして」

「あー、蓮だ！」

扉のひとつをくぐると、弾《はじ》けるような声が聞こえた。大きなボールを抱えた裏葉だ。ボールは革でできているらしい質感で、濃い茶色だった。しっかりした縫い目で継ぎ合わされていて、端に植物の刺繍が施されている。

「あそぶ？　あそぶ？　なにしてあそぶ？」

「まずは裏葉、いつもどうやって遊んでるのか教えてくれよ」

「うん、いいよ！」

裏葉は、ころんと寝転んでいる常磐の手を引っ張った。常磐は「ううん……」と眠たそうな声をあげたけれど、裏葉に手をぐいぐいと引かれて起きあがった。

「うらはぁ、なにするの？」

「まりなげだよ、ほらっ！」

まだ眠たそうな常盤の顔に向かって、裏葉はボールを投げた。がしっ、と音がして常磐の顔に当たり、常磐はそのまま後ろに倒れてしまう。

「わぁっ、常磐っ」

蓮は慌てて常磐を抱きあげる。しかし常磐はもう眠っていて、蓮を呆れさせた。

「大物だなぁ……」

「常磐は『眠れる獅子《しし》』なのよ」

突然の高い声に、驚いた。そう言ったのは山桃で、彼女は子供らしからぬ落ち着いた表情で蓮を見る。

「こうやってねむって、ちからをいっぱいためているの。だからおこしちゃだめよ」

「う、うん」

「山桃ってば、むずかしいことばっかり！」

不満そうに、唇を尖《とが》らせたのは千歳だ。彼女は山桃の髪を引っ張り、さすがの山桃も「いたっ！」と声をあげた。

「なにするのよ、千歳！」

「山桃が、むずかしいことばっかりいうんだもん！」

山桃も千歳の髪を引っ張り、女の子同士が喧嘩《けんか》になりかけた。と、そこはプロの蓮である。どうどう、とふたりの間に割って入った。

「喧嘩しない！　ほら、千歳。手を離して」

「わぁん、蓮！　蓮のいじわる！」

蓮に手を摑まれて、千歳はじたばたしている。山桃はつんとあちらを向いてしまい、女の子同士の間には冷たい空気が流れた。

「もう、仕方ないなぁ」

ため息をついて蓮は、ふたりの頭をがしりと摑んだ。千歳と山桃の顔を、無理やり見合わせる。

「はい、ごめんなさいは？」

「ごめんなさい？」

千歳と山桃は、声を揃えた。

「なんで、ごめんなさいしなくちゃだめなのよ」

「山桃なんて、つんつんしていて、いつもいばってばっかりなのに！」

「いいから、ごめんなさいするんだ。そして、男の子たちみたいに仲よくする！」

三人は、裏葉と常磐を見た。裏葉は所在なげにボールを転がしていて、常磐は床に突っ伏してぐぅぐぅ眠っている。

「なかよく……？」

「常磐、ねてるだけじゃ？」

蓮も、常磐の大物っぷりには呆れてしまった。女の子たちがあれだけ大騒ぎしていたのに、なぜああも安らかに眠れるのだろうか。

「じ、じゃあ、みんなでボール……鞠《まり》遊びをしよう」

「常磐は、ほうっておいてね」

澄ました声で、山桃が言った。そうでなくても常磐はぐぅぐぅ眠っており、揺り動かしても起きそうにもない。

「俺たち四人で、ほら、ぐるっと輪になってね」

「ここでいいのー？」

裏葉が、呑気な声をあげた。

「そうそう、裏葉はそこ、千歳はここ、山桃はここ」

「こうやって、どうするの？」

「鞠を投げるんだよ。ほら、こうやって」

「わぁっ！」

蓮がボールを投げると、裏葉が受け取った。

「そうそう、裏葉は山桃に」

山桃にボールが渡り、すると彼女は迷うような視線を蓮に向ける。

「山桃は、千歳に投げるんだ。力の加減、気をつけてね」

「はい」

ぽん、と、上手にボールを投げた。さすが山桃、そつがない、と思ったその矢先、千歳はボールを受け止めきれずに転がった。

「いやぁっ、もう！　いたいっ！」

「大丈夫？　千歳」

「だいじょうぶじゃなぁい、いたいいたいっ！」

千歳が騒ぐのに、蓮は仕方がなく「よしよし」としてやる。頭を撫でると千歳はたちまちご機嫌になり、ボールを、ぽんと裏葉に投げた。

「わあっ、いきなりなげるなよ！」

「だって裏葉、ぼーっとしてるんだもん！」

千歳の甲高い声が響く。裏葉も山桃も声をあげ、常磐はその中でもやはりぐぅぐぅ眠っている。

「これ、おもしろい！」

千歳が、きゃらきゃら笑いながらボールを投げた。

「裏葉がとれなくて、ころんってなるのがおもしろい！」

「おまえも転んだくせに、ちょっと性格悪いな……」

「なぁに？」

「なんでもないよ！」

そう言い置いて、蓮は子供たちとボール遊びを続けた。遠くからざわざわと人の気配がして、蓮が振り返ると廊下の向こうから入ってくる人影がある。

「子供たち、機嫌よくやっているか？」

「黒緋さま！」

子供たちは、ボールを投げだして黒緋のもとへと駆け寄った。千歳が真っ先に黒緋に抱きつく。さすがの常磐も、目を覚ました。

「黒緋さま、どうしたの？」

「おしごと、おわったの？」

「ああ、ひと段落ついたからな、おまえたちの顔を見にきた」

「わぁい！」

この強面《こわもて》の王は、子供たちにはたいそうな人気ぶりだ。今まで勤めていた保育園にも、ここまで人気の保育士はいなかった。

「どうした、蓮」

呆然《ぼうぜん》と見やっている蓮に目を向けて、黒緋は言った。

「いえ……人気者なんだなぁ、と思って」

「あたりまえよ！」

千歳が、きんきん声でそう言った。

「だって黒緋さまはすてきでおとこらしくてかっこよくて、あたしの……あたしたちの、おうさまなんだもん！」

「千歳は、黒緋さまがすきだもんな！」

からかうように裏葉が言って、すると千歳が「ばかばか！」と言いながら裏葉をぽかぽかと殴った。

「おいおい、千歳。暴力はよくない」

蓮が千歳の両腕を握ると、千歳はきっと蓮を睨んだ。

「蓮が、黒緋さまのはなよめっていわれていたけど、あたし、まけないんだから！」

「え」

千歳に言われて思い出し、蓮はぎょっとした。黒緋の顔を見ると、彼はにやにやと笑っている。

「しかし蓮は、黒の月、緋の日に現れた異雲人だ。蓮こそが、我が花嫁だ」

「だから、そういうことを……」

焦燥すればいいのか呆れればいいのか、蓮は困って声をあげる。おまけに千歳に、ますます強く睨まれてしまった。

「でも、あたしのほうが黒緋さまといっしょにいるもん！　ながいこといっしょにいるんだもん！　あたしのほうが、黒緋さまの『ちょーあい』をうけてるんだもん！」

「ちょーあい？」

言葉の意味がわからなくて首を傾げると、千歳は「ふふん」と得意げな顔をした。

「蓮、『寵愛《ちょうあい》』よ」

涼しい声で、山桃が言った。

「あ、寵愛か。なるほど」

「かんしんしてるばあいじゃないわ！」

千歳は声をあげながらも、しっかりと黒緋に抱きついている。おかげで裏葉も常磐も、彼にくっつけないでいる。

「ほらほら、黒緋さんに寵愛されているのは、おまえだけじゃないんだ。裏葉と常磐も、黒緋さんに抱っこしてもらいたがってるんだからな」

「あたしもよ」

やはり涼しく、山桃が言う。蓮は笑って、黒緋に顔を向けた。

「黒緋さん、みんな抱っこしてあげてください」

「私が一番抱っこしてみたいのは、蓮。おまえだがな」

「……！」

千尋が声をあげる前に、蓮は固まって黒緋をまじまじと見た。黒緋はにやりと笑って、そして裏葉を抱きあげた。

「……そうやってると、親子みたいですね」

「同じ獣頭だからな」

黒緋は、裏葉の頬をすりすりとする。裏葉は気持ちよさそうに目を閉じていて、まさに雪豹の親子がじゃれ合っているように見える。

「獣頭とか人頭とか、どうしていろいろあるんですか？」

蓮の質問に、黒緋は目をぱちくりとした。

「俺には、黒緋さんと裏葉……そっくりに見えるんですけど」

「血はつながっていない。この子は、私が街で拾った子だ」

黒緋は、もうひとつの腕で常磐を抱きあげながら言った。

「この国には、獣頭の者と人頭の者、さまざまに存在する。なぜかと問われても……神の采配《さいはい》だ、としか言いようがないな」

「そうなんですか」

蓮は少し、がっかりして言った。せっかく異世界なのだから、そこにはなにか壮大な、面白い物語でもあると思ったのだけれど。

「黒緋さま、おはなしして」

ふいに常磐が、はっきりとした声でそう言った。

「くにつくりのおはなし、して」

「ああ」

黒緋は、ちらりと後ろを振り返った。従者たちが苦い顔をしたのに、くすりと笑って男の子ふたりを抱いたまま、部屋の真ん中に腰を下ろした。

「昔々……」

女の子たちも、黒緋の膝に乗る。異世界でも物語のはじまりは同じなのだな、と蓮は妙なところで感心した。

「あるところに、たくさんの雪豹が暮らしている国がありました」

昔話を語る黒緋の声は、穏やかで優しい。聞いているだけで、その光景が目の前に浮かんでくるようだ。

「ある日、とてもたくさんの雪が降った日。雪豹の王は、真っ白な草原に倒れている、ひとりの人間の女の子を見つけました」

「どんなおんなのこ?」

おそらくはじめて聞くのではないはずの千歳が、弾んだ声をあげた。

「髪は黒くて、長くて、山桃みたいな女の子だったそうだ」

「ふぅん……」

千歳は少しつまらなそうな顔をして、対照的に山桃は得意げな顔をしている。黒緋は、話を続けた。

「雪豹の王は、女の子を連れて帰りました。女の子は働き者で、みんなに好かれました」

子供たちはみんな、互いの顔を見て、そしてそれぞれ、そっと小さく笑った。

「働き者の女の子を、雪豹の王は好きになりました。女の子も王に恋をして、ふたりは結婚しました」

「こいってなに？」

「けっこんってなに⁉」

口々に訊いた子供たちは、揃ってにやりと口角をあげる。

「おまえたち、わかってて訊いているだろう？」

「えー、わかんなーい」

普段はてんでんばらばらに行動しているくせに、こういうときは気が合うのだ。蓮は思わず、ぷっと笑ってしまった。

「ほら、蓮に訊け」

そんな蓮を、顎先《あごさき》で指しながら黒緋が言った。

「蓮ならば、よく知っているだろう。なぁ？」

「え、え、え？」

「蓮！」

「こいってなぁに？」

「けっこんって、なに？」

「……おまえら」

敵が五人に増えてしまった。彼らを順番に睨みながら、それでも子供たちのきらきらした目には逆らえなかった。

「恋、は……人を、好きだなぁって思う、気持ち」

「ふぅーん」

「じゃあ、けっこんは!?」

「結婚、は。好きだと思った同士が、一緒に暮らすこと」

説明しながら、なぜだかどきどきしてしまった。こちらに向けられる、黒緋の視線がやたらに気になる。

「やはり、蓮のほうが説明がうまいな」

そんな黒緋は、微笑んでそう言った。

「私では、そんなうまい説明はできない」

「うんうん、蓮のほうがじょうずー！」

「黒緋さまは、へたくそー！」

こら、と黒緋が戯《おど》けた拳《こぶし》を裏葉の頭に突き立てた。裏葉も、ほかの子供たちも弾けたように笑う。

「じゃあ、蓮は黒緋さまのはなよめってことは」

山桃が、考え深げな顔をして言った。

「黒緋さまと、いっしょにくらすの？」

「それは……」

蓮は口ごもってしまい、黒緋を見て助けを求める。

「花嫁の意味がわかっているのか、おまえは」

「あ」

山桃は口に手を当て、肩をすくめて小さく笑った。

（わかってるのかわかってないのか、どっちなんだ！）

どうにも、子供たちに振りまわされているような気がする。しかし黒緋は慣れているのか、山桃に突っ込んだあとはまた冷静に物語の続きを語りはじめる。子供たちも、お話を聞くモードになった。

「結婚したふたりの間には、たくさんの子供が生まれました。子供は、雪豹の頭を持った者と、人間の頭を持った者がいました」

うんうん、と子供たちがうなずいている。

「子供たちはまたほかの雪豹族と結婚して子供が生まれ、やはり子供たちには豹頭と人間の頭の者がいました。そうやって雪豹国は、大きくなっていったのです」

満足そうな顔をしている子供たちを見ながら、蓮はうんうんとうなずいた。

「そういう国造り神話があるんですか、この国の、獣頭と人頭の人たちの起源には」

「神話とは限らないぞ」

黒緋は、どこか楽しげな表情でそう言った。

「祖になったふたりの墓も、ある。もちろん、中にあるのがふたりの遺体だとは限らないが……この国の者は、単なる神話だとは思っていない」

「へぇっ……」

驚いて、蓮は言った。蓮の膝にじゃれついている千歳が、得意げな顔をして彼を見た。

「そうよ、ただのおはなしじゃないのよ！」

「ほんとうにあったことなんだから」

女の子ふたりが、てんでに大きな声でそう言った。常磐は黒緋の傍らで眠っていて、今、黒緋の膝を占領しているのは裏葉だ。

「本当にあったことだなんて、おまえたちがなんでわかるんだ？」

偉そうに言う子供たちがかわいくて、蓮は思わずにやりとしてそう言った。

「こないだ、生まれたばっかりのくせに？」

「それは、あたしのせいじゃないもん！」

じたばたと両手両脚をばたつかせながら、千歳が喚《わめ》く。そしてその大きな目を、黒緋に向けた。

「黒緋さま、蓮がいじめるぅー」

「おお、よしよし」

黒緋は微笑みとともに、千歳にそう声をかけた。

「しかしおまえが、この間生まれたのは確かだな。年長者は敬うべきだと、いつも言っているだろう？」

「黒緋さまは、うやまってるわ！」

難しい言葉を、千歳は言った。

「うやまうってなんなのか、しってるの？」

そんな千歳に、山桃が突っ込みを入れる。千歳は、きっと山桃を睨みつけた。

「しってるもん！　だいすきなことだもん！」

「それは、ちょっと違うような……」

思わずそう呟《つぶや》いた蓮は、続いて千歳に睨まれた。

「あたしが、黒緋さまとけっこんするんだもん！」

「黒緋さまのはなよめは、蓮でしょう？」

澄ました顔の山桃が、その話を蒸し返した。蓮は思わず噎《む》せてしまい、げほげほと空咳をした。

「雪豹国がつづいていくのに、ひつようなのよ？　そうでなくちゃいけないんだから」

蓮は思わず、黒緋を見た。彼は子供たち四人を愛《いと》おしむ目で見やっているが、蓮と目が合うと、にやりと口角を持ちあげた。

（あの人……なに考えてるんだろう？）

口もとを引き攣《つ》らせながら、蓮は考えた。

（俺が花嫁、とか。そんなことでいいのかな？　男の俺を花嫁にするなんて……それで納得できるのかな？）

「蓮」

「は、はいっ！」

考えを読まれたかと、蓮は驚いて飛びあがった。そのような力が黒緋にあるのかどうかなんて知らないけれど、なんといってもここは、蓮の常識の通じない国である。心読みとか、そういう超常力を持っている者がいても不思議ではない。

「おまえは、もとの世界で……子供の面倒を見る仕事をしていたのだな？」

「はい」

膝の上の裏葉をあやしながら、蓮は言う。黒緋の傍らでは、相変わらず常磐が眠っている。

「確かに、筋がいい。私は決めたぞ」

「なにをですか？」

蓮が首を捻ると、そばにいる千歳も首を捻った。

「おまえを、子供たちの世話係にと命ずる」

「まぁ」

声をあげたのは、そばに控えている侍女だった。蓮は黒緋よりも先に侍女を見てしまい、侍女は声を出した自分を恥じるようにうつむいた。

「……世話係？　ですか？」

ああ、と黒緋はうなずいた。

「おまえが、子供たちの面倒を見るのだ。なに、もうこれだけ大きい子供たちだ、細かい世話は侍女たちに任せて、おまえは遊び相手になってやってくれればいい」

「俺が、ですか」

「そうだ」

子供たちが騒ぎはじめる。黒緋の膝の上の裏葉も、そして傍らの常磐もぱっと目を覚まして、その騒ぎに加わった。

「蓮が乳母になるの!?」

「蓮と毎日遊べるんだね？」

「蓮……？」

「そう。ふぅん……」

四者四様の反応を見せて、皆が蓮を見やる。

「そ、それは全然構いませんけれど。でも、いいんですか？　異雲人の俺に、子供を任せて」

「おまえは、誠実な男だ」

信頼しきったように、黒緋が言う。

「子供たちを預けるに足る……おまえは立派に、子供たちの面倒を見てくれるだろう」

「いや、まぁ……それが仕事でしたし、問題はないんですが」

蓮は、子供たちの顔を見まわす。そして黒緋に尋ねる。

「どういう方針で、子供たちを導いてあげればいいんですか？　自由に？　それとも早期教育とかって厳しく？」

「厳しく、だ」

にわかに、どきりとするほどシリアスな表情になって、黒緋は言った。

「いずれ王になるかもしれぬ子供たちだからな。王としての自覚を、幼いころから植えつけなくてはならない」

「そうですか……」

それは荷の重いことだと、蓮は小さな声で返事をした。そこに、子供の声がかかる。

「蓮、おれたちのうばになるのはいや？」

いささか戸惑っている連の顔を覗《のぞ》き込むように、裏葉が言った。

「いやじゃないよ！　いやじゃないけど……いいのかな、って」

「もちろん、いいに決まっている」

笑みとともに、黒緋が言った。

「この私が見込んだのだからな。間違いはない」

「そんな、信用されても……」

戸惑う蓮に、山桃が澄ました声をかける。

「じしんがないの？」

「……うっ」

子供の言葉はまっすぐだ。特に、悟ったような山桃の言葉であるからなおさらだ。

「自信がない、わけじゃない。これでもプロだし」

「ぷろ？」

不思議そうに、山桃が尋ねた。

「専門家ってことだよ」

「なら、ますます問題はないではないか」

子供たちと蓮のやりとりを聞いていた黒緋が、言う。

「乳母の専門家とは、頼りがいがある」

「ええと、乳母とはちょっと違うんですけど……」

しかし保育士という言葉を、どう言い換えればいいのかわからない。戸惑う蓮の前、黒緋が膝を近づけてきた。彼は手を伸ばして、蓮の顎に指をかけて上向かせる。

「あ……」

「誠実な目だ」

蓮の目を覗き込みながら、黒緋は言う。

「おまえに子供を任せることに、問題はない。おまえは確かに務めを果たしてくれるだろう……おまえ自身は、どうだ？」

「え、っ」

戸惑っていた蓮だけれど、そう問われて目を見開いた。

「おまえも、いやではなかろう？　子供たちと……私の役に立てることを、喜んでいるのではないか？」

「な……」

なんという傲慢《ごうまん》なもの言いだろう。しかし黒緋の口調は、蓮にとって心地の悪いものではなかった。それどころか頼りがいのあるような——彼の言うことに従っておけば、この異世界での生活も滞りなく進むような。自分に居場所ができるような。

「わかりました」

蓮が慎重にそう言うと、黒緋は笑みを濃くした。

「子供たちの乳母になると」

「いや、だから乳母ってのは」

「では、なんというのだ？　乳母でよかろうが」

「まぁ……はい。それでいいです」

少し肩を落としてそう言うと、子供たちが「きゃー！」と歓声をあげた。

「おまえたち、俺でいいのか？」

「いいよぉー」

ふざけた口調で、裏葉が言った。

「蓮は、おもしろいもん！　うばになったら、もっとあそんでくれるんでしょう？」

「面白いってな……」

ははは、と黒緋が笑い声をあげる。

「子供たちがそう言うのならな。蓮、受け入れろ」

「はい……」

ためらいながら蓮がそう言うと、黒緋の大きな手が頭に伸びてくる。子供たちにそうするように、がしかしと頭を撫でられる。

「わ、髪ぐちゃぐちゃにしないでください！」

「よろしく頼む」

「よろしくー」

「蓮がうばになるの？」

再び寝入っていた常磐が、ぱっと目を覚ましてそう言った。皆が、弾かれたように笑う。

それが、蓮が子供たちの『乳母』になった一部始終だった。

第二章　黒金《くろがね》の指輪

子供たちの普段過ごしている部屋は、離れの石造りの館の中にあった。

蓮の住む部屋も、その館の中に設けられた。子供たちの館には料理人に従者に侍女に、至れり尽くせりに控えていて、まるでここが王のもうひとつの居場所であるかのようだ。

「れーん」

声をかけてきたのは獣頭の男の子、裏葉だ。にこにこと微笑む彼は、背の後ろに隠したなにかを両手で握っている。

「どうした、裏葉。なに持ってるの？」

「えへへー」

裏葉はなおも笑って、背後から野の花の花束を見せた。白と黄色の、小さな花束だ。

「どうしたの、これ」

「つんできた」

そして裏葉は、花束を蓮に差し出した。思わず受け取った蓮だけれど、花束の意図はわからない。

「どうして、俺に花束なんか」

「えへへー」

裏葉はなおも、笑っているだけだ。

「嬉《うれ》しいけど、お花なんて、女の子たちにあげればいいのに」

「あんなやつら」

口汚く裏葉は言った。

「きゃーきゃーうるさくて、やかましくて、いたずらばっかりしてるんだもん。おんなたちよりも、蓮のほうがすき」

「……ありがとう」

思わぬ口説きかたをされて、蓮はどきどきしてしまう。相手が子供なのにもかかわらず。

「おまえ……タラシだな」

「たらしってなに？」

「いや、なんでもない」

裏葉が蓮に声をかけてきたのは、館の門の前だった。裏葉は蓮に手を差し出してきて、蓮がそれを取ると、ぎゅっと摑んできた。

「きょうのごはん、なにかなぁ」

「こないだ食べた、羊肉の炙《あぶ》り焼きは美味《おい》しかったね」

「うん、おれ、あれだいすき！」

つないだ手を、ぶんぶんと振りまわしながら裏葉が言う。

「でもおんなたちは、てがべたべたになるからいやだっていうんだ。おいしいのにねぇ？」

「女たちって、おまえなぁ……」

ふたりが広間に入っていくと、女の子たちはボール遊びをしていた。部屋の隅では、相変わらず常磐が眠っている。

「あ、蓮！」

声をあげたのは千歳だ。彼女はボールを放り出して、蓮たちのほうに走ってきた。蓮の空いているほうの手をぎゅっと握る。

「蓮、うまくまりがなげられないの。おしえて！」

「充分上手に投げられていると思ったけどなぁ？」

「いいの、おしえて！」

千歳が声を張りあげた。ぐいぐいと蓮の手を引っ張る。

「千歳は、蓮といっしょにあそびたいのよ」

クールにそう言ったのは、山桃だった。すっと目をすがめる仕草は、まるで大人のようだ。

「蓮が、くるのがおそいから」

「ごめん。黒緋さんに呼ばれてたんだよ」

「黒緋さまに？」

千歳が、ボールを拾いに行きながら言った。

「黒緋さま、なんのごようだったの？」

「おまえたちがお行儀よくしているか、確かめたいと言っていた」

蓮がそう言うと、千歳はぴしりと背を伸ばした。蓮は思わず、くすくすと笑ってしまう。

「大丈夫、ちゃんとお行儀よくしてるって言っておいたよ」

「よかった……」

千歳が胸を撫で下ろす。その仕草にも、蓮は笑った。

「そりゃあ、もちろんお行儀よくしてるわよね」

相変わらず冷静にそう言い放つのは、山桃だ。そんな騒ぎの中、常磐はなおも眠っている。そんな彼に感心しながら、蓮は手渡されたボールを千歳に投げた。

「わわっ！」

千歳が慌てて、ボールを抱きしめる。

「蓮、なげるときはなげるっていってよ！」

「ああ、ごめんごめん」

蓮が謝り、裏葉が声をあげて笑った。千歳は裏葉にボールを投げ、裏葉は山桃に投げ、山桃は寝ている常磐にボールを投げる。

「いたぁ……」

「いつまでもねてないで、いっしょにあそぶのよ」

「山桃、無茶するなよ」

窘《たしな》めた蓮に向かって、山桃は舌を出してみせた。山桃のそんな表情は珍しく、蓮は何度かまばたきをした。

「せっかく寝てるのに」

「ねてばっかりいたら、めがとけちゃうわ」

澄ました顔で、山桃は言った。

「そんな顔するんだったら、黒緋さんに言いつけるよ」

さすがの山桃も、それには黙った。常磐は大きなあくびをして、またこてんと眠ってしまう。

「おまえたち、本当に黒緋さんが好きだなぁ」

ボールを投げながらそう言うと、千歳が山桃も顔負けの澄ました顔をして言った。

「あたりまえよ。だって黒緋さまは、すてきだもの」

「……まぁ、確かに」

投げ返したボールは、裏葉の腕に収まった。

「あたし、黒緋さまのはなよめになるの！」

「黒緋さまのはなよめは、蓮だろう？」

不思議そうに、裏葉が言った。そんな裏葉を、千歳がきっと睨みつける。

「だって、蓮はおとこじゃない！」

「でも、蘇羅さまのよげんはきまってることなんだって」

「蘇羅さまって、誰なの？」

蓮は尋ねた。黒緋の膝の上に落ちたときにも聞いた名前だったけれど、いったい何者かは聞けずじまいだった。

「しらないの？」

不思議そうに、裏葉が言った。

「蘇羅さまは、えらいひとだよ」

「それだけじゃわかんないよ……」

ボールを投げながら、蓮は言う。しかしそれ以上の説明はできかねるらしく、裏葉は首を傾げた。

「蘇羅さまは、よげんしゃなんだ」

ふいに聞こえた声が誰のものか、蓮はとっさに判断しかねた。広間を見まわすと、眠っていたはずの常磐が目を擦《こす》りながらあくびをしている。

「この雪豹国ができたときから、いらっしゃるかたなんだ。このせかいのことを、なんでもしっていらっしゃる」

「へ、ぇ……」

常磐がはっきりとしゃべるのを聞いたのは、これがはじめてかもしれない。戸惑いながら、蓮はうなずいた。

「そんなすごい人なら……俺の、もとの世界に帰る方法も知ってるかな?」

「しってるとおもう……けど蘇羅さまは、どこにいらっしゃるかわからない」

立て続けにあくびをしながら、常磐は言った。

「蘇羅さまのいばしょは、だれにもわからない。雪豹国はひろくて、さがすほうほうなんてない」

「そ、そうなんだ……」

常磐が思いのほかしっかりと話すことに驚けばいいのか、それともその内容に驚けばいいのか。蓮はぽかんと口を開けたまま、常盤の話に相槌《あいづち》を打った。

「蘇羅さまがみつかったら、蓮がもとのせかいにかえっちゃう……」

そう言いながら、常磐はさらに大きなあくびを見せた。

「それは……ちょっと、いやだな……」

「常磐」

そのまま、また常磐はこてんと眠ってしまった。

「なんなんだ……いったい」

「常磐は、みらいのよげんしゃっていわれてるの」

そう言ったのは、山桃だった。

「蘇羅さまのあとつぎは、常磐だって」

「ちょっと待て」

山桃の言葉に、蓮はストップをかけた。

「蘇羅さまって、雪豹国ができてからずっといるんだって言わなかったか？」

「それは」

言葉に詰まってしまった山桃から、視線を裏葉に向けると、彼はきょとんと首を傾げている。わけがわからないといったようだ。

「……よく、わからないわ」

「まぁ、難しいことを考える必要はないよ」

慌てて、蓮はみんなに言った。

「いいから、遊ぼう？　外に出て遊ぶ？　いい天気だよ」

「そとにいくー」

千歳が、両手脚をじたばたさせた。

「でも、常磐はどうするの？」

「俺が、おんぶしていくよ」

蓮が腰を浮かせたとき、ざわりと侍女たちが声をあげるのが聞こえた。なにがあったのだろう、蓮はそちらに顔をやった。

「あ……」

「鶯地さま、お待ちください！」

「子供相手に、礼儀もなにもないだろう」

広間に入ってきたのは、黒緋の弟だと聞いている鶯地だった。蓮の目にはそれだけは兄にそっくりに見える、青い瞳をぎょろりと動かした。

「鶯地だ！」

「鶯地がきた！」

子供たちは口々にそう言って、蓮の後ろに隠れる。彼らが鶯地を嫌っているのはわかったけれど、ここまであからさまにされては鶯地も子供たちを好きにもなれないだろう、と少し思った。

「なんだなんだ、異雲人を召し使い扱いか？」

面白そうな顔をして、鶯地は言った。蓮は反射的に、子供たちの前に立ちはだかる。

「相変わらずだな、おまえたちは。少しはかわいげのある顔を見せろ」

「いや、鶯地、いや！」

千歳が大きな声をあげた。今にも泣き出しそうな声で、蓮の背中にしがみついている。

「こら、この餓鬼どもが！」

鶯地は拳を振りあげて、子供たちが恐怖に声を立てる。

「やめてください、鶯地さん」

ここで子供たちを守ることこそが『乳母』の役割だ。蓮は精いっぱい、鳶地を睨んだ。

「恐ろしい顔を」

ふふ、と鳶地が笑った。

「そのような者が、兄上の花嫁だとは認めがたいな」

「認めてくれなくてもいいんですが……」

思わず蓮は、口ごもった。

「しかしどうあっても、おまえが花嫁であることは間違いないらしい」

鳶地は、蓮に一歩近づいた。蓮は、びくりと肩を震わせてしまう。子供たちの恐怖が、伝染してしまったかのようだ。

「俺は、兄上のものを奪うのが好きだ」

連は顔を引き攣らせる。鳶地は蓮との距離を縮め、その顎に指をかけた。まるでキスするような近さに、蓮の眉根《まゆね》にはますます皺《しわ》が寄る。

「おまえが兄上の花嫁だというのなら、奪ってやろう……そのうちな」

そう言って彼は、にやりと笑った。その笑みはどう見ても悪辣《あくらつ》で、蓮は表情をもとに戻すことができなかった。

兄に対して、しかも王に対してそのようなことを言うなど、本人が目の前にいないとは

いえなにを考えているのだろう。蓮の心には嫌悪とともに、不気味に思う気持ちが浮かんでくる。

そんな蓮を前に、鴬地は笑った。

「なにしろ兄上は、黒金の指輪をお持ちではない」

「黒金？」

蓮は首を捻る。蓮の後ろでその上衣の裾を摑んでいる裏葉が、びくっと震えたのがわかった。

「知らなければ、子供たちにでも訊くといい。この国では、誰でも知っていることだ」

そう言って鴬地は、高らかに笑った。その笑いはなおさら不気味で、蓮は思わず小さく身をわななかせる。

「黒緋さまは、そんなのかんけいなく、おうさまなんだから！」

声をあげたのは千歳だ。彼女のほうを向くと、両手で作った拳をわなわなと震わせて、鴬地を睨んでいる。

「黒緋さまは、みんながおうさまだって、おもってるんだから！」

山桃も叫ぶ。裏葉は蓮の後ろで震えているし、常磐は相変わらず寝ている。女の子たちの強さに感服しつつも、蓮も男代表として言い返さねばなるまい。

「皆さんが集まっているところでは、みんな黒緋さんのことを王さまだと思っているようでしたけれど？」

「それはもちろん、誰かが王でなくてはいけないからな」

嘲笑《あざわら》うように、鴬地は言った。

「しかしあの中で、何人が兄上を王と認めているか。表面的には皆に合わせこそすれ、本心などわかりはしない」

「それは……」

本心などわからない、というのは確かに鴬地の言うとおりだけれど、しかしあの中に、そんな反発心を持っている者がいたというのか。あくまでも庶民でしかない蓮には、わからないことなのだろうか。

「黒金の指輪とやらを持っていたら、いいんですか？」

蓮はそう言ったけれど、彼の発言は鴬地をますます笑わせるものでしかなかった。

「おまえが、捜してでもやるのか？」

「それは……」

「異雲人のくせに、なにも知らないのだな」

鴬地は、ぴしりとそう言った。蓮は言葉に詰まってしまう。

「おまえは、子供らの面倒を見ていればいいのだ。よけいなことをしようとするではない」

「う……」

鴬地の言うことはもっともで、蓮は言葉を失ってしまった。これでは、後ろで震えている裏葉と同じではないか。

そんな蓮と子供たちを見やり、鴬地はふふんと笑う。ばさりと衣を翻し、蓮たちに背中を向けると、去っていってしまう。

その後ろ姿に蓮は毒づいた。

「なんだったんだ、いったい」

「鴬地は、ときどきああやって、くるんだ」

裏葉は、一転ぷんぷんと怒りながら蓮に言った。

「おれたちのようすをみにくるとかいってるけど、ほんとうは黒緋さまにけんかをうりにきてるんだ」

「喧嘩、かぁ」

それも納得だ、と蓮は思った。黒金の指輪とやらを持っていない黒緋を、鴬地が尊敬していないのは確かだし、そんな黒緋の隙《すき》をつくために、子供たちの様子を見に来ているのだというのは納得できる。

「仲がよくない兄弟なんだな」

「そうね」

山桃が、いつもの澄ました表情で言った。

「いいとはいえないわね。なにせ鴬地は、おうのざをねらっているから」

「それは……大胆不敵だな」

「そう、だいたんふてきなの」

吐き出すように、山桃は言った。

「でも、黒金のゆびわをもっていない黒緋さまにも、すきはあるわ。まえのおうさまがなくなって、ゆびわがなくなってしまった……それをさがすよゆうがないうちに、おうさまになってしまったから」

「おまえ、なんでもしってるな」

「きいたはなしよ」

つんと澄まして、山桃は言った。隣では千歳と裏葉が、うんうんとうなずいている。

「ねぇ、常磐。あなたもそうきいているわね？」

「うん」

いつの間にか常磐が起き出してきていたので、驚いた。彼は目を擦りながら、山桃の言葉にうなずいている。

「黒緋さまは、黒金のゆびわをもっていない」

常磐がちゃんとしゃべるのを聞く、貴重な機会だ。蓮は彼の言葉に耳を澄ませた。

「だから、ほんとうはおうさまじゃないんだ。みんな、黒緋さまをおうさまだとおもってない……そうかんがえたほうが、ただしいよ」

「みんな、なの？」

「そう、みんな」

あくびをしながら、常磐は言った。

「ぼくたちは、しってるけどね。黒緋さまのほかにおうさまはいないって」

それは、子供の勘というやつだろうか。蓮は、ごくりと唾《つば》を呑んだ。横で千歳と山桃も真剣な顔をしている。子供の勘に女の勘が合わされば、ますます否定はできないと思った。

「黒金のゆびわさえあれば、黒緋さまはおうさまだって、だれもがみとめるのになぁ」

また大きなあくびをして、常磐は一方で真面目《まじめ》な顔をした。

「それが、ぼくはくやしい。黒緋さまこそが、おうさまなのに」

そう言って常磐は、唇を噛《か》んだ。柔らかそうなピンクの唇に、真っ白な歯が食い込む。

「わたしは、それでもいいとおもってるけど」

山桃が、悟ったような口調で言った。

「だれがなんていったって、黒緋さまがおうさまなんだもの。そんなの、みてたらわかるわ」

「そっか……」

この世界に来たとき、あの場にいながらなにもわからなかった自分。鶯地の言葉に振りまわされる自分。そんな、大人であるはずの自分の迷いとは裏腹に、子供たちはしっかり本質を見抜いている。

今まで面倒を見てきた子供たちに、こんな子たちはいなかった――ともすればいたのかもしれないけれど、蓮は気づかなかった。子供だと思って舐《な》めていたのかもしれないと思うと申し訳ない気持ちになる。

「蓮には、わからない？」

「うーん……俺は、この世界に来たばっかりだからなぁ」

「それも、そうね」

山桃はあっさり言ったけれど、常磐は疑い深い顔で蓮を見ている。いつも寝てばかりだけれど、そのぶん感覚が鋭いのかもしれない。その関連性は、蓮にはわからないけれど。

「でも、蓮がきた」

常磐がそう言ったので、蓮は目を見開いた。

「蓮は、きっと黒緋さまのたすけになる」

「俺が？」

思わず自分を指さした。うん、と常磐は大きくうなずく。

「なんで、俺が？」

「わかんないけど、そうおもう」

頼りがいがあるのかないのかわからないことを言って、常磐はまたあくびをした。すたすたと部屋の隅に歩いていって、また寝てしまう。

「あんなに寝て、溶けないのかな……」

「あたしも、そうおもうわ」

常磐が起きてしまいそうなきんきん声で、千歳が言った。

「どうして、常磐はねてばっかりいるのかなぁ？」

どこかつまらなそうに、裏葉が言った。常磐が寝ている間は、女の子ふたりに対して男の子はひとりである。蓮《はす》っ葉《ぱ》な女の子たちを前に、気後れがしているのかもしれない。

「寝る子は育つっていうしな」

「なに、それ？」

「俺の世界では、そう言うんだよ。あながち間違ってないと思う」

山桃とはまた違う、常磐の聡明《そうめい》さを見ているとそう感じる。あながち？　と裏葉が首を傾げた。その言葉の説明は、なかなかしにくい。蓮は迷って、口を噤《つぐ》んでしまった。

「あそびにいきましょ？」

首を傾げた山桃が、言った。

「まりあそび、するんでしょう？　はやくいきましょ」

「そうだ、そうだった」

鴬地が来たことで中断していたけれど、そもそもそういう予定だった。蓮はうなずき、転がったままのボールを取りあげる。

「じゃ、行こう」

「はやくはやく！」

千歳が声をあげて、裏葉が少しうんざりした顔をした。

黒緋は、三日に一度は子供たちの館にやってくる。

□

子供たちは、黒緋の訪問に声をあげて喜ぶ。そのときは蓮も、いささかの敗北を感じるくらいだ。

「黒緋さま！」

千歳が声をあげる。それに裏葉も続き、ふたりが黒緋にじゃれつくのに遅れて山桃が彼に飛びつき、常磐も起きてきてそれに倣う。

「黒緋さま、おしごとはもういいの？」

「いっしょにあそべる？」

ああ、と黒緋はうなずいた。

「みんな、いい子にしていたか？」

「いいこだよ！」

「みんな、いいこ！」

そうか、とうなずいて黒緋は蓮を見た。

「どうだ、蓮。みんないい子にしていたか」

「さぁ、どうでしょうか」

「ああ、蓮！　うらぎりもの！」

「うそついちゃだめだよ！」

黒緋にしがみついたまま、子供たちは声をあげる。蓮は笑って、黒緋と目を見合わせた。

「まぁ、私はなんでも知っているがな」

「黒緋さま、なんでもわかるの？」

「すごーい！」

子供たちがはしゃぐ。強面の黒緋だけれども、子供たちを前にすると目もとが緩む。もっとも獣頭では、表情の変化がわかりにくいのだけれども。

「黒緋さま、あそんであそんで！」

「なにしてあそぶ？」

そう言いながら、子供たちは黒緋の体によじ登っている。黒緋の逞しい体は子供たちを受け止め、腕一本で千歳を抱えあげた。

「きゃー！」

千歳が歓声をあげる。ほかの子供たちも「だっこしてだっこして！」と騒ぎ、蓮はこんなに歓迎されてにこやかに受け止める黒緋を、すごいと思うしかない。

「あの、重くないんですか？」

「子供のひとりやふたり、平気だ」

ことなげに、黒緋は言った。

「おまえを抱えあげるのも平気だぞ。なんなら、やってみるか？」

「いえ……遠慮しておきます」

蓮が両手を振ると、黒緋が声をあげて笑った。その腕には千歳と、裏葉が抱かれている。

「遠慮するな、落としたりはしない」

「いえ、そういうことではなくて」

「蓮も、黒緋さまにだっこしてほしいの？」

山桃が、きょとんとしてそう尋ねる。蓮は慌てて、彼女を見た。

「違うよ！　俺は大人だから、そんなこと思わないの」

「えんりょしなくていいのに」

くすくすと、山桃が笑う。ほかの子供たちも、黒緋もつられたように笑った。

「だっこしてほしいときは、だっこしてっていうのよ？」

「おまえ、どこでそういうこと覚えてくるんだよ」

蓮が言うと、山桃は澄ました顔をする。

「わたしのしってることは、みんな黒緋さまにならったの」

「黒緋さんに？」

蓮の目は黒緋のそれと合い、彼は少し困ったような笑みを浮かべる。

（抱っこしてほしいときは、抱っこしてって言う）

その言葉は妙に蓮の心に沁《し》みて、蓮はまじまじと黒緋の腕を見てしまった。そんな彼を見やって、山桃がくすくすと笑う。

「やっぱり蓮も、だっこしてほしいのね」

「だから、違うって！」

皆の笑いの中、蓮はひとりで居心地悪くもじもじとする。交代で抱きあげてもらった常盤が、いつもどおりあくびをしながら蓮に言った。

「ぼくがおおきくなったら、蓮をはなよめにしてあげるから」

「なんでそうなる!?」

蓮は思わず大きな声をあげ、広間にいる者の注視を浴びてしまった。

「はなよめにして、ぼくがだっこしてあげる。それまで、まってて」

「俺はそんなに気が長くない」

「おいおい、蓮は私の花嫁だぞ？」

腕の中の常磐を見やりながら、黒緋が不服そうに言った。

「おまえのような子供に奪われるわけにはいかないな」

「こどもだって、なめてちゃだめだよ？」

常磐は、生意気な口を利いた。

「すぐにおおきくなるもん。おおきくなって、蓮をはなよめにするから！」

「その前に、私が娶《めと》る」

「黒緋さん、本気にならないでください……」

半ば呆れ、半ば焦りながら蓮は言った。そんな蓮を、黒緋が見やる。青い瞳にじっと見つめられ、蓮はたじろいだ。

「私は、本気だぞ」

「え……」

「私は本気で、おまえを花嫁にする」

「それは……」

ごくり、と蓮は固唾《かたず》を呑んだ。

「俺が、予言に言われていた花嫁だからですか？　俺じゃなくても、あの場に現れた人なら誰だってよかったんじゃないんですか？」

「なんだ、拗《す》ねているのか？」

くすくすと、黒緋が笑った。

「確かにそうかもしれないが、しかしあの場に落ちてきたのは、おまえだ。私はおまえ以外を、花嫁にとは考えていない」

「だから、花嫁、なんて……」

だんだんと感覚が鈍ってきた。花嫁とは、女性に言う言葉ではないのだろうか。それともこの世界では、蓮が知っている言葉とは意味が違うというのだろうか。

「違うもん！」

そこに、甲高い声が貫いた。

「黒緋さまのはなよめは、あたしだもん！　蓮にゆずったりしないわ！」

声の主は、千歳だった。きんきん声を張りあげて、きっと蓮を睨んだのだ。

「ほら、黒緋さん。千歳がこんなふうに言ってますよ。千歳を花嫁にしてあげたらどうです」

「確かに千歳は、私のかわいい養い子だけれどな」

困ったように、黒緋は言った。

「しかし花嫁にとは考えていない。私の花嫁は、蓮だ」

「黒緋さま、あたまがかたいわ！」

常磐と裏葉が抱きあげられている腕に、自分も自分もとよじ登りながら千歳が言う。

「そこはやんわりと、やわらかくかんがえるのよ。あたしも蓮も、りょうほうともはなよめにするのはどう？」

蓮は、ぎくりとして千歳を見た。千歳はいいことを考えたとでもいうように、満面の笑みを浮かべる。

「それは……ちょっと」

「千歳、それは少々、倫理に外れるな」

「りんり？」

「正しいことではない、ということだよ」

ほっとして蓮は、黒緋を見た。異世界の、それこそ倫理観など知らないけれど、結婚に関しては蓮の持っている常識と一緒であることに安堵《あんど》したのだ。

「ひとりの男に、花嫁はひとりということになっている。私の花嫁は、蓮だ。私の心は、もう決まっている」

「……やだぁ」

千歳のきんきん声が、やんだ。どうしたのかと思って彼女を見ると、その大きな瞳からは、ぽろぽろと涙が流れ落ちているのだ。

「ち、千歳！」

蓮は慌てて、千歳の前にひざまずいた。

「黒緋さまなんて、きらい！」

泣きながら、彼女は喚いた。

「蓮、蓮、って、蓮のことばっかり！　蓮なんて、こないだきたばっかりなのに！」

「泣くなよ、千歳」

蓮が千歳を抱きしめて「よしよし」とすると、千歳は腕の中で暴れた。それでも抱きしめられるのは心地いいらしく、ややあっておとなしくなった。

「千歳にだって、素敵な相手が現れるよ。黒緋さん以上に、素敵な相手が」

「黒緋さまが、いいんだもん……」

ぐすっ、と洟《はな》を啜《すす》りながら千歳は言う。

「黒緋さまのはなよめになるのが、いいんだもん……」

蓮は困って、黒緋を見た。黒緋も困った顔をして、腕の常磐と裏葉を下ろすと、千歳のそばにひざまずいた。

「千歳」

極めて真面目な口調で、黒緋は言った。

「私の花嫁は、蓮だ」

千歳は大きく目を見開いて、黒緋を見る。黒緋は微笑み、千歳の頭を撫でてやる。

「しかしおまえを愛おしいと思う気持ちは、変わらないぞ？　おまえは、私の娘だ。花嫁は無理だが、娘というのはどうだ？」

「むすめ？」

なおも洟を啜り、千歳は言う。

「むすめって、あいされてる？」

「もちろんだ」

黒緋は、なおも千歳の頭を撫でた。

「ある意味、花嫁よりも愛されているかもな」

「それはそれで、俺は複雑ですけれど」

蓮が言うと、黒緋はくすっと笑った。

「おまえにも、私の花嫁だという自覚が生まれてきたということか？」

「そ、そんなのじゃありません……！」

蓮は思わずためらって、すると黒緋はますます大きな声で笑った。

「常磐、おまえが蓮を花嫁にするというのは、無理らしいぞ。このとおり、蓮はもう身も心も私のものだ」

「身も心もとか、ありませんから！」

蓮が喚くと、黒緋は笑った。彼の笑いは心安らぐ。蓮は安堵の息を吐き、そんな彼を黒緋が覗き込む。

「懸念せずとも、おまえは私が娶る。おまえは私の花嫁だ」

「別に、懸念なんかしてませんけれど」

いささか憮然《ぶぜん》としてそう言った蓮をにやりと見やって、黒緋は子供たちに目をやった。

「そして子供たちは、私の愛おしい息子に、娘だ」

「むすこー、むすこー！」

「わたしたち、黒緋さまのむすめなのね」

山桃が、澄ました声でそう言った。

「はなよめよりも、むすめのほうが、なんだかすてき」

「そうだろう、そうだろう」

大混乱をようやく収めることができたと、いささかほっとしたかのように黒緋は山桃の頭を撫でる。

「山桃は、よくわかっているな」

黒緋に褒められて、山桃は得意げな顔をする。しかしその一方で、千歳も裏葉も常磐も、黒緋に撫でてもらおうとわらわらと集まってきて、黒緋は腕が二本では足りないようだ。

「蓮も、よしよししてー」

「ああ、うん。よしよし、よしよし」

大人ふたりで、子供四人の頭を撫でてまわる。黒緋と蓮は目を見合わせて、どちらからともなく、くすりと笑った。

「ああ、ふたりでないしょのおはなし？」

「ずるいよ、おれもいれて！」

「もちろん、仲間に入れるとも」

千歳の頭を撫でながら、黒緋は言った。

「私たちは、家族だからな」

（……家族）

その言葉に、奇妙に胸が鳴った。現実世界では、父と母、兄に弟たち、いわゆる普通の家族関係で過ごしてきた蓮だ。あることのありがたみはわからないというのか、特に家族に対してなにがしかの思いを抱いたことはなかった。それがこの異世界で、独りぼっちだと思ったとたん『家族』ができるなんて。

「どうしたの、蓮？」

「蓮、ないてるの？」

「な、な、泣いてなんかいない！」

山桃の頭を撫でながら、蓮は声をあげた。山桃は、考え深げな顔をして蓮を見あげている。

「なんで、俺が泣くんだよ」

「さぁ。もとのせかいのことをおもいだして、かなしくなったんじゃないの？」

「そうなのか、蓮」

黒緋が、少し心配そうに尋ねてくる。いいえ、と蓮は慌てて答えた。

「そんなんじゃありません……もとの世界のことは、子供たちがうるさくて考える暇もありませんよ」

「うるさいってなによ！」

「おれたち、うるさくないぞ！」

子供たちが、てんでにばたばたと手足を動かす。そんな彼らを再び抱きあげて、黒緋は獣頭を擦りつけた。

「わぁ、きもちいい！」

「黒緋さまのけ、つやつやー。もっとして、もっと！」

子供たちに言われるがまま、黒緋は頬をすりすりとする。子供たちの歓声があがり、蓮は（あれは、俺にはできないな……）と感心する。

「さぁ、子供たち」

ひと通り騒ぎが収まったところで、黒緋が言う。

「私はそろそろ、ゆかねばならない。あとは、蓮に遊んでもらえ」

「ええええー」

子供たちは、あからさまにいやがる声をあげた。黒緋は肩をすくめる。

「責務があるのだよ。大臣たちが、私を待っている」

「だいじんたちも、ぼくらとあそべばいいのに」

もっともなことを、常盤が言った。

「黒緋さまも、蓮も、だいじんも、みんなきてあそんだら、たのしいのになぁ」

「そうかな……？」

あの、むっつり顔の大臣たちが、果たして楽しい遊び相手になるだろうか。その点はいささかの疑問を感じてしまい、蓮は首を捻る。

「無茶なこと言っていないで、おまえたちは蓮と遊べ」

立ちあがりながら、黒緋は言った。

「私はゆくぞ。蓮、子供たちをよろしく頼む」

「あ、はい。お任せください」

蓮は軽く、頭を下げた。黒緋は上衣を翻し、従者たちがそれに倣う。子供部屋は、急にさみしくなってしまったようだ。

「あーあ、黒緋さま、いっちゃった」

つまらなそうに裏葉が言った。転がっているボールを蹴《け》って、ご機嫌は斜めであるようだ。

そのボールを拾いあげて、蓮は声をあげる。

「まぁ、我慢して俺と遊んでよ。ほら、鞠投げしよう？」

「……蓮がそういうんなら、いいか」

そう言って裏葉は顔をあげ、にやりと笑う。

「な、みんなも鞠投げしよう？」

「うん、いいよ！」

「そとにいこう、そと！　いいおてんき！」

五人はわらわらと館の外に飛び出し、ひとつのボールを追いかける遊びに熱中する。それは陽がやや陰りはじめるまで、続いた。

□

子供たちは、とうに寝た。

蓮も用意された寝台に入る。この国での寝台は大きな木の机のようなもので、その上に何枚も布団を置く。そうやってふわふわになった上に体を横たえ、上に掛布をかける。木の固さはまったく感じなかった。

そうやって横になって、ふぅと息をついたところだった。ドアを叩く音がする。蓮は半分体を起こし「どうしたの？」と声をかけた。子供の誰かだと思ったのだ。

「どうもしないが」

「黒緋さん！」

蓮は飛び起き、自ら扉を開ける。そこにいたのは黒いローブのようなものを羽織った黒緋で、薄暗い中、彼の青い瞳が光って見えた。

「どうしたんですか……って、どうもしないんでしたっけ」

黒緋は、くすくすと笑った。入ってもいいかと聞かれ、もちろんですと首を縦に振った。

「灯《あか》り、つけますね」

「いや、いい」

窓からは、月明かりが射し込んでいる。それで充分互いの顔は見えるけれど、それでも暗いものは暗い。このような中で話をしていたら、妙な気分になってしまいそうだ。

「それよりも、座れ」

まるでこの部屋の主のような口調で、黒緋は言った。蓮はくすくす笑いながら「はい」と言い、窓際に柔らかい植物の素材を編んで作られた座布団のようなものを置いた。

その上に、黒緋が座る。彼の身につけている宝石が、窓からの月明かりを受けてきらきらと光る。

「きれいですね……」

蓮が感心してそう言うと、黒緋は嬉しそうに言った。

「我が国の、産物だ。我が国は大きな鉱山を持っている。そこから採れる石を磨き、宝石として他国に輸出している。引き替えに、食料などを輸入しているな」

「じゃあ、隣国との戦争のときって大変だったんじゃ……」

なにしろ、宝石は食べられない。食糧難に陥ったのではないかと蓮は懸念したのだ。

「まぁ、な」

しかし黒緋は、なんでもないことのように目を細めた。大変でなかったはずはないのに、そのような表情ができるのはさすが王――威厳のある態度だと思った。

「で、今夜は……どうしたんですか？」

このような夜中に、黒緋が訪ねてくるなんてはじめてのことだ――この国に来て、そう時間は経っていないけれど。彼は微《かす》かに笑みを浮かべていて、それでいて青い瞳はじっと蓮を観察しているかのようだ。

「おまえと、話がしたかった」

「話、ですか」

蓮には語れるほどの話はない。なにを訊かれるのだろうかとどきどきしながら、座布団の上で腰をもぞもぞとさせた。

「昼間、家族の話をしただろう」

黒緋は、いきなり話を切り出した。

「そのときおまえの顔が、沈んだように思ったのでな」

「そ、うですか……？」

蓮は思わず、顔に手をやった。

「そんなつもりは、なかったんですけど」

「なにか心の中に、あるのかと思った。あの場では話せない、なにかがな」

「たいしたことじゃありません」

黒緋を心配させないように、蓮はにっこりと笑って言った。

「ちょっと、向こうの世界の家族を思い出して。そしたら黒緋さんが、子供たちに家族だって言うもんだから、なんとなくしんみりしちゃって」

「懐かしいか？　……当然だな」

蓮を憐れむように、黒緋は言った。

「いきなり、わけもわからず引き離されたも同然だものな。せめて、おまえが無事であることを知らせる方法があればいいのだが」

「ないですよね、そんなの」

肩を落として、蓮は言った。

「俺も、そうできたらいいなって思うんですけど……たぶん、心配してる」

「さもあらん」

気の毒そうな顔をして、黒緋は言った。そしてじっと、蓮の顔を覗き込む。凛々《りり》しい雪豹の顔に見つめられて、蓮はどきりと胸を高鳴らせた。

「おまえの家族は、どのような者たちだったのだ？　聞かせろ」

「あ、あの、父と母と、兄とふたりの弟と」

蓮は話した。

「父は、銀行マンです。母は専業主婦。兄は、俺よりも二歳年上で、二十六歳。今は車のディーラーをやっています。もうひとりの弟は高校生で、もうひとりは中学生」

黒緋にとっては、謎《なぞ》の言葉ばかりだろう。しかし彼は特に問い返すことはせず、うむ、とでもいうように大きくうなずいた。

「家族仲は、いいのか」

はい、と蓮もうなずいた。

「ていうか、まぁ……普通ですね。反抗期のころなんかは大変でしたけど、今は普通。母親は、今でも弁当作ってくれてます」

「大変だったのは、おまえの両親だろう」

黒緋は、くすくすと笑った。蓮は肩をすくめて、上目遣いで黒緋を見た。

「大変だったと思いますけど、反抗期のない子は、大人になってからもっともっと大変だっていうし」

「うちの子供たちは、まだ反抗期ではないらしいが……」

黒緋は、まるで本当の父親のようなもの言いをした。

「いや、しゃべれるようになったころには、なにに対しても『いや、いや』と言って手こずったと、乳母が言っていたが」

「そういうの、いやいや期っていうんですよ。黒緋さんの前では、いやいや言わなかったんですか？」

「私は、特に聞いていないな」

「やっぱり、黒緋さんは子供たちにとって特別なんですね。子供心にも、そのことがよくわかってるんですよ」

そうか、と黒緋はどこか照れたような表情をした。獣頭の男ではあるが、その表情が少しずつ読めるようになってきた気がする。そうやってこの世界に慣れていくことが、もとの世界との隔離を表しているようで、少しせつなくなった。

「ほら、その顔だ」

ふいに黒緋がそういうことを言ったので、蓮は、はっとした。

「昼間、家族の話をしたときだ。おまえがそんな顔をした」

「俺の、顔？」

「ああ」

黒緋は、鋭い視線で蓮を見ている。まるで心の中までも見通されそうで、蓮は大きくぶるりと震えた。

「怯《おび》えなくていい」

そんな蓮の反応に、黒緋は少し笑った。それでも蓮を見つめる視線は心の中を覗くようで、蓮は思わず警戒してしまう。

「ただおまえが、さみしがっているのではないかと思ったのだ」

「さみしくなんて」

蓮は頭を左右に振った。

「毎日子供たちと一緒で、寂しがる暇なんてありませんよ。忙しいったらありゃしない」

「それは、苦労をかけてすまない」

黒緋が頭を下げたので、蓮は驚いた。いえいえ、と胸の前で両手を振る。

「いいえ、楽しい忙しさなんでいいんです。よけいなこと考えずに済むし」

「やはり……さみしいか」

さみしいなんて言っていないのに、彼は蓮の心を見抜くようなことを言う。思わずじわりと涙がにじんで、蓮は驚いた。

「やめてください」

蓮は、少しだけ震える声で黒緋を制した。

「さみしいとか、言わないでください。そんなこと言われたら、本当にさみしくなっちゃう……」

「しかしおまえは、そのような顔をしていた」

黒緋の言葉は、どこか強引だった。しかしそれでいて優しく蓮を包み込み、胸の奥に押し隠しているものを撫でるように開こうとしているのだ。

「自分の感情から、目を背けてしまうのはよくない」

優しい声で、黒緋は言った。

「私の前では、子供のようになっていいんだ。心を曝《さら》け出せ。おまえのすべてを、私に見せてくれ」

「俺の、すべて……」

父は、母は、兄弟たちは、どうしているだろうか。友達は、同僚は。彼らとの思い出はすべてがすべて楽しいものではないにしても、いきなり引き離されて、会う術もわからなくて。そのことを子供たちの前では隠している無意識の事実に、蓮は気づいてしまった。

「……会いたい」

それは黒緋に話しかけたわけではなく、独りでに口から出た言葉だった。

「みんなに、会いたい。せめて俺が無事だってこと、伝えたい」

「ようやく、言えたな」

黒緋は、にやりと笑った。彼の大きな手が伸びてくる。頭をがしがしとかきまわされて、蓮は思わず目を瞑る。

「おまえは、その言葉を言いたいのではないかと思ったのだ」

黒緋には、読心能力でもあるというのか。それともこういう境遇の人間に、慣れているとでもいうのか。

「おまえには、その言葉を、自分から言うことが必要だった」

「ど、して……」

「涙を流すこともな」

「え……」

目の前の黒緋の姿が、霞《かす》んでいく。鼻の奥がつんと痛くなる。気づけば蓮は泣いていて、そんな彼を黒緋は抱きしめ、蓮の顔を胸に押しつけさせた。

「うぁ……ああ、あ……、っ……」

「ああ、泣け」

子供をあやすような口調で、黒緋は言った。

「もっと泣け、涙が涸《か》れるまでな……私が、守ってやる」

「黒緋さん、が……？」

「ああ、誰にもおまえを傷つけさせない。私が守ってやる。だから、安心して泣け」

「ふ、ぁ……あ、あ……、っ……」

促されると、ますます涙が出た。今まで自分はこれを抑えていたのだ、我慢していたのだ——そのことに気づくと涙はますます溢《あふ》れ、黒緋のローブの胸もとを涙でびしょびしょに汚してしまう。

「す、みません……、おれ」

「構わない」

黒緋は強く蓮を抱きしめ、背中をさすってくれる。それはまるで父のような、母のような感覚で、郷愁の念はますます強くなった。

しかも今は、それに身を任せていいのだ。蓮はますます泣き声を立て、黒緋に抱きしめられて。どのくらいの時間が経ったのだろう。

「……う、くっ。ひくっ」

黒緋の胸に縋りつきながら、なおも涙を流す蓮は頭の奥がぼやけはじめていることに気がついた。涙を啜りあげながら小さくあくびをすると、同時に黒緋の腕が蓮を抱えあげた。

「わ、っ……？」

「おとなしくしていろ」

そう言って彼は、蓮の寝台にまで歩いていく。蓮を横たえて、掛布をかけてくれた。枕《まくら》に頭を置くと吸い込まれるような感覚があって、頭の霞《かすみ》が濃くなっていく。

「おやすみ、蓮」

黒緋は言って、蓮の額にキスをした。そこから自分の体が蕩《とろ》けていくような感覚があって、蓮は涙に震える吐息が、満たされたように深いものであることに気がついた。

「よい夢を」

最後に聞こえた声は、それだった。蓮はうなずき、目を閉じて、そして睡《ねむ》りに落ちていく。

（そういえば）

黒緋の口から、花嫁、という言葉は一回も出なかった。

第三章　王の花嫁

けんけん、ぱー。

子供たちは声を合わせて、地面に描かれた模様の上を跳ねている。一番熱心にジャンプを繰り返しているのは裏葉で、千歳がそれに続いている。

「山桃、どうしたんだ？」

そのあと、今まで続いていた山桃の声がない。彼女は地面に座り込んでしまって、どこか気怠《けだる》げに裏葉と千歳を見ているのだ。

「調子でも、悪い？」

蓮の腕の中には、眠っている常磐がいる。蓮が山桃を覗き込むと、彼の髪がさらりと揺れた。

「うーん……」

山桃は首を傾げた。

「よく、わかんないわ」

「いっしょにけんぱ、したくない？」

「なんだか、したくない」

蓮は片手を山桃の額に押し当てた。そして首を捻る。

「熱があるような……ないような」

「ねつなんか、ないわ」

気丈に山桃は言った。蓮の手から逃げて、それでも裏葉と千歳の中には入ろうとしないのだ。

「なんでだよ、熱があったらちゃんと寝て、お薬飲まなきゃ」

蓮の言葉に、山桃はびくっと体を震わせた。恐ろしいことを聞いたとでもいう顔をして、蓮から視線を離してしまう。

「なんだ、もしかして、山桃」

蓮がにやりと笑うと、山桃は心底いやそうな顔をした。

「薬飲むのが、嫌いなのか？」

「いいい、いいじゃない！」

山桃は顔をあげて、彼女らしくもなく喚いた。

「わたしだって、にがてなことくらいあるわ！」

「そりゃ、そうだろうけど」

蓮は、その場にしゃがみ込んだ。じっと山桃を見ると、彼女は居心地悪そうにまたそっぽを向いてしまう。

「しんどいんだろう？」

「山桃、おねつなの？」

けんぱをやめて、千歳と裏葉が駆け寄ってくる。

「山桃、しんどいのか？」

「顔色からすると、そんなにひどくなさそうだけど」

なおも山桃を見ると、彼女は小さくなった。

「すぐに、よくなるよ。お薬だって、ちょっとで済む」

「ほんとうに……？」

ああ、と蓮は笑顔とともにうなずいて、山桃の手を取る。ぎゅっと引っ張って、すると長い白い袖から見えた肌に、赤いぷつぷつができているのが目に入った。

「山桃！」

「なに……？」

体に湿疹ができる病気とは、なにがあっただろう。風疹《ふうしん》、水疱瘡《みずぼうそう》、麻疹《はしか》。しかしいずれも感染力が強く、いつも一緒にいる四人のうち、山桃だけがかかったというのは納得いかない。

「山桃、あーんして？」

「あーん」

小さな口の中には、微かにだがやはり発疹がある。蓮は眉根を寄せた。

「手足口病、かな……」

「どうしたの？　なに、蓮？」

不安そうに、山桃が問う。千歳と裏葉も心配そうな顔をしていて、腕の中の常磐もぱっちりと目を覚ましている。

「常磐、ちょっと下りて」

「ん」

素直に常磐は、蓮の腕を山桃に明け渡した。抱きあげた山桃は、いつもより少し重いように感じる。山桃らしくなく、蓮に縋りついてくる。

「薬とか、どうしたらいいのかなぁ……」

蓮は医者ではないし、仮に医者でもこの世界の医療には通じてはいない。まずは子供たちのかかりつけの医師に相談するしかあるまい。

「意見が、合えばいいんだけど」

手足口病の患者は、蓮もたくさん見てきている。特効薬のない病気で、安静にして自然治癒を待つしかない。子供の場合その「安静」が大変なのだけれど、今の山桃は、いささかぐったりしていてその心配はなさそうだ。

「まぁ、山桃さま！」

館に戻ると、迎えに出た侍女が声をあげた。

「蓮さま、山桃さまはどうしたんですの？　こんなにぐったりとして……」

「手足口病です。たぶんね」

侍女には耳慣れない言葉だったらしく、彼女は首を傾げた。

「俺の世界では、そういう名前の病気なんです。子供がよく罹《かか》るんですが」

「だ、大丈夫ですの？」

ほかの侍女が、寝床を用意してくれる。盥《たらい》に水を張り、手拭《てぬぐ》いを濡《ぬ》らして横になった山桃の額の上に置く。

「大丈夫、命を奪われるような病気じゃないです」

侍女は震えあがったけれど、蓮がうなずきかけると、胸に手を置いて己を落ち着けているようだ。

「ただ、安静にしておかなくてはいけないから。食事も、咽喉《のど》ごしのいいものを」

「お医者さまを、お呼びしますわ」

震える声で、侍女は言った。蓮はうなずいたけれど、手足口病の症状を、どう伝えればいいのだろう。医者がまともな者ならいいけれど、おかしな薬を飲ませたり、加持祈禱《かじきとう》で病を治そうとするような者なら、どう対応すればいいのだろうか。

子供たちのかかりつけの医師は、間もなくやってきた。子供たちの相手をするにふさわしく、温和な白い獣頭の老人で、蓮を「いつもご苦労さまです」とねぎらってくれた。

「手足口病だと思うんです……口の中とか、手のひらとか、おしりとかに発疹のできる」

「火の病ですね」

医師は、山桃をひと目見ただけでそう言った。

「体の中に火が熾《おこ》って、余分な熱が発疹になって現れるのです。体を冷やして、熱を取らなければなりません」

「それは……そうですね」

医者がまっとうなことを言ったので、安堵した。山桃のまわりには子供たちが三人、心配そうに彼女を見やっている。

「ねぇ……山桃、しんじゃうの？」

柄にもなく、常盤が気弱な声で言った。いつも大物の貫禄で、ぐぅぐぅ眠っている彼とは思えない。

「死なないよ！」

驚いて、蓮は言った。ぶんぶんと首を横に振る。

「ちょっと、じっとしてればいいんだ。しばらく遊べないけどね、すぐに元気になるよ」

「薬は、金銀花を処方しましょう。荊芥《けいがい》と薄荷を合わせて、生薬を作ります」

「は……」

それは蓮には、専門外のことだ。「よろしくお願いします」と頭を下げると、医師は「いえいえ、陛下から子供たちのことは重々に、と言いつかっておりますので」と言った。

「しょうやくって、にがい？」

ふいに山桃が、声をあげた。いつもより弱々しい声だけれど、蓮にもはっきりとその声が聞こえた。

「まぁ、苦いね」

苦笑しながら、医師は言った。

「しかし、たくさん蜜《みつ》を入れてあげるよ。山桃が、飲みやすいようにね」

それでも山桃は、疑わしそうな顔で医師を見ている。この医師には、前科があるのかもしれない。

薬はあとで届けさせると、医師は立ちあがった。蓮も慌てて立ちあがり、頭を下げて医師を見送った。

「れーん……」

頼りない声で、千歳が蓮を呼んだ。

「なんだ、千歳」

「あたし、なにかできること、ある？」

いつもの千歳らしくもない、気遣いのもの言いに蓮は驚いた。

「じゃあ、この布。絞ってあげてくれる？」

小さな布の浮かんだ盥を指さすと、うん、と千歳は真面目な顔をして盥に近寄った。

「おれもやる！」

「ぼくも！」

布絞りは三人の取り合いになってしまい、そんな三人を蓮は叱《しか》った。

「山桃の枕もとで、騒がない！」

三人は、ぴたっと口を噤む。

「俺は、千歳に頼んだんだ。裏葉と常磐は、ほかのことをやって」

「おれ、なにすればいいの？」

「裏葉は、お部屋を片づけて。常磐も手伝ってあげて」

子供たちは、はぁい、と揃って声をあげる。ぱたぱたと男の子たちが足音を立てる中、千歳は懸命に布を絞っている。

「はい、山桃」

「……ありがとう」

力ない声で、山桃は言った。千歳はじっと山桃を見て、心配そうな表情を隠そうとはしない。

「千歳は、山桃が好きなんだね」

蓮が言うと、千歳はなぜか、そっぽを向いてしまった。

「素直じゃないなぁ」

「わたしは、千歳のこと、すきよ」

山桃は、掠《かす》れた声でそう言った。千歳は病床の者に気を遣わせてしまったかと反省するように、肩をすくめた。

黒緋がこれほどに慌てているのを、蓮ははじめて見た。

「山桃の、調子はどうだ」

「大丈夫ですよ、だいぶ元気になりました」

山桃はまだ起きあがれないけれど、苦い薬を我慢して飲んだせいか、発疹も治まっている。

「もっと早く、山桃の調子を見にきたかったのだが」

「仕方がないですよ、お忙しいんですから」

蓮は山桃の額の布を取り替えた。山桃に「口を開けて」と告げ、小さな口の中の水泡が少なくなっていることを確認する。

「ほら、ぷつぷつもだいぶ減りました。あと一週間もしたら、もとどおり走りまわれるようになりますよ」

「一週間もかかるのか……」

黒緋は、どかりとその場に座り込んだ。そして山桃の顔を覗き込む。

「……黒緋さま……」

掠れた声で、山桃は言った。

「大丈夫か、山桃」

「黒緋さまがきてくれたから、だいじょうぶ」

「俺がずっとついてるからだろう⁉」

蓮が突っ込むと、山桃は歯を見せて笑った。

「それだけ笑えるのなら、蓮の言うとおりであるようだな」

安堵したように黒緋は言った。そして、その大きな手で山桃の頭を撫でる。

「薬は苦くないか？　ちゃんと飲んで、蓮の言うことを聞いているか？」

「くすりはね、にがいんだけど。でも蓮が、みつをいれてくれるの」

「ほぉ、蓮がな」

「そう。いっぱいいれてくれるの！」

山桃は、病ながらに声を張りあげた。

「蓮がいれてくれるみつは、ちょうどいいぐあいなの。すっごくのみやすくてね、だからやまいなんかすぐなおっちゃう」

「そうだな、すぐに治るな」

ほかの子供たちも「黒緋さまー！」と彼にじゃれつく。黒緋は、その逞しい腕で子供たちを担ぎあげた。

「山桃の看病をしてやっているか？」

「うん、まいにちおでこのぬの、ぬらしてあげてるんだ！」

「ごはんも、あーんってしてあげてるよ！　おくすりも、ぐるぐるってかきまぜてあげてるんだ」

「そうか、みんなで協力しているんだな」

「そう、きょーりょく、きょーりょく！」

子供たちは口々に歌いだし、「山桃の体に障るだろう」と叱られた。

黒緋は、蓮の顔を見つめる。じっと見つめられてたじろいだ蓮は、そっと大きな手に触れられてどきりとした。

「おまえが、尽力してくれているのだな」

「いえ、俺なんて……」

どぎまぎしてしまい、蓮は落ち着かない声で言った。

「お医者さまの言うことに従ってるだけです。薬を飲ませるのは……蜜を混ぜてるだけだし」

「しかし、山桃があぁ言うのだ。おまえの世話のやりかたは、よほどに的確なのだろう」

「まぁ……『乳母』ですし」

そこでふと、蓮は気になったことを黒緋に尋ねた。

「もともとの乳母さんは、お元気なんですか？」

「それなりに、病も癒えたらしい」

黒緋は、難しい顔をして腕を組んだ。

「しかしまだ、枕があがる状態ではないらしくてな……」

「そうなんですか」

会ったことのない、本来の乳母の体調回復を願う気持ちはある。しかし彼女が帰ってきたら自分の居場所はなくなってしまう。この異世界で、自分はどこに行けばいいのか――。

「おまえは、私の花嫁ではないか」

そんな蓮の心を読んだように、黒緋はにやりと微笑んだ。

「おまえのいる場所は、私の膝の上だ。私がずっと、おまえを抱いていてやる」

今、黒緋の膝の上には裏葉が座っているけれど。そのことに気づいて蓮は、思わず笑ってしまった。

「でも、そんなこと言っても……」

再び眠りはじめた山桃を気遣って、蓮は小さな声で言った。

「来年の同じ日に、異雲人が現れたらどうするんですか？」

意地が悪いかと思ったけれど、そんなことを訊かずにはいられなかった。

「その人も、花嫁にするの？　それとも俺を、お払い箱に？」

「そのようなことはしない」

はっきりと黒緋は言った。

「私の花嫁は、おまえだけだ。私はそう決めた。ほかの異雲人が現れようと、私にはおまえしかない」

「なんで、そんな……」

あまりにはっきりとした黒緋のもの言いに、蓮はくらくらとしてしまう。そんな彼ににやりと笑いかけながら、黒緋は膝の上の裏葉を撫でる。

「おまえが、私の大切な子供たちの面倒を、懸命に見てくれていることを知っている」

愛おしげに裏葉を撫でながら、黒緋は言う。そこに千歳も入り込んできた。

「その姿を、私は見ている。そんなおまえを……愛おしいと思うようになっても、不思議ではないだろう？」

「い、とお……」

そのように言われることがあるとは、思ってもみなかった。蓮は言葉に詰まってしまい、黒緋は微笑みとともに、そんな蓮を見つめていた。

「……俺は、男ですよ」

「そのようなことは些細《ささい》なことだと、言ったではないか」

もどかしそうに、黒緋が言った。

「私は今すぐにでも、おまえを花嫁にしたい」

情熱的に、黒緋はそう言った。蓮は、はっと顔をあげる。

「しかし私には、黒金の指輪がない」

その言葉に、蓮は唾を呑んだ。

「ゆえに私を王ではないと言う者は多い。そんな不安定な状況で、おまえを花嫁にするわけにはいかない」

子供たちも、神妙な顔をしている。改めて、黒金の指輪とはそれほどに重要なものであるのかと、蓮は実感した。

「指輪なんてなくたって、黒緋さんは誰よりも王さまっぽいのに……」

「そう言ってくれるのは、ありがたいがな」

黒緋は苦笑する。

「おまえがそう言ってくれるのなら、確かに指輪などどうでもいいのだけれどな」

「黒緋さまは、りっぱなおうさまだもん！」

膝の上の子供が、じたばたしながら声をあげた。

「ゆびわなんて、かんけいないもん！　黒緋さまは、おうさまだもん！」

「そう言ってくれるのは、嬉しいよ」

黒緋は、膝の上の子供たちを撫でた。彼らは一様に、満足そうな顔をする。

「その、指輪は……どこにあるんですか？」

蓮が恐る恐るそう訊くと、黒緋は彼らしくもなく、力なく首を左右に振った。

「わからぬ」

「でも、黒緋さんの前の王さまは持っていたんでしょう？　それは、どこに行ったんですか？」

「黒金の指輪は、天がそれぞれの王に与えるもの。即位の儀において、天が私に与えるはずだった、が……私の即位におりには、それは現れなかった」

「どうして……」

「それも、わからぬ」

彼がいつもにはない力弱さを見せることに、蓮は不安になった。その心のままの表情を浮かべると、黒緋は苦笑する。

「そのような顔をしなくてもいい……おまえが、気にすることではない」

蓮を慰めるように、黒緋は言った。そして、にやりと唇の端を持ちあげる。

「それとも、我が花嫁としては気になるか？　夫のことは、やはり放っておけないと申すか？」

「だだだ、誰が夫ですか！」

思わず蓮は声を震わせてしまい、黒緋は大きく笑った。

「まぁ、なるようになる。ならぬときには……俺が、王位を追われる。しかし正しい王が即位するのなら、それはそれでいいことではないか」

「なんだか、厭世《えんせい》的ですね」

「えんせーてきって、なぁに？」

こまっしゃくれた表情で、千歳が尋ねてきた。ううん、と蓮が言葉に迷うと、黒緋がまた笑った。

「蓮を困らせるものではない」

「でも、なんなのかきになるもの」

「それはおまえが、追々勉強して学ぶことだ。なんでも人に訊けばいいことではない」

「はぁい……」

「そうやって、おとなはすぐにごまかすんだよね」

常磐が言った。相変わらずあくびをしているが、黒緋が来ているからか、しっかりと起きていたらしい。

「こどもにきかせるには、つごうのわるいことばなの？」

「いや、都合は悪くないけど……」

蓮は、なんと返していいものか迷ってしまった。困惑する彼を、黒緋が面白そうな顔をして見ている。

「説明するのが、難しいんだよ」

「おとなでも、むずかしいことってあるんだね」

「おまえはなにもかもわかってるのか、それともわかってないのか、わからないな」

「蓮、なにいってるのかわからない」

常盤は言って、伸びをした。思わず暴力に訴えそうになるのを、ぐっと我慢する。子供は往々にして、知らないうちに大人の地雷を踏んでいるのだ。

「まぁ」

黒緋がそう言ってその場を収めなければ、蓮のげんこつが常磐の頭に降っていたかもしれない。

「黒金の指輪のこと……誰ぞが、なにかを言ってくるかもしれない。しかし蓮、おまえは気にしなくていい」

その『誰ぞ』というのは鴬地のことだろうか、と思った。鴬地が黒金の指輪を持っていない黒緋を認めていないことは明らかだ。あわよくば、自分が王位を狙《ねら》っているのかもしれない。蓮は王になるなど自ら重責を担うのはごめんだけれど、価値を見出す人間にとっては大切なことなのだろう。

「気にはしません。ただ、誰かに俺がなにかを知っているみたいに思われるのは困ります」

異雲人のくせになにも知らない、と言われたことを思い出して蓮は言った。

「おまえは、異雲人だからな」

興味深げに黒緋は、蓮の顔を見た。

「私たちにない知識を持っていると考える者がいても、不思議ではなかろう。なにしろ黒金の指輪は、亡くなる間際の父上の指に嵌《は》まっているのを見て以来……誰も、その行く先を知らないのだからな」

「俺だって、知りませんよ」

いささか膨れて、蓮は言った。

「異雲人だからって、なんでも知ってると思われたら、困る」

「しかしおまえは、見事に山桃の看病を成し遂げているではないか」

ふたりは、眠っている山桃の顔を見た。まだ熱っぽく赤い顔をしているけれど、快方に向かっていることは明らかだ。

「これは……たまたま。病気の子供なんて、日常茶飯事だったし」

「にちじょーさはんじってなに？」

懲りもせず、常磐がそう尋ねた。そんな常磐を、黒緋はあやした。

「異雲人は、往々にして得意な知識や技を持っていると言われている」

なおも山桃を見つめながら、黒緋は言った。

「そのことで、おまえには不快な目を見せることになるかもしれないが……こらえてくれ。なにしろおまえは、私の治政に現れたはじめての異雲人であり、私の花嫁だ」

「だから、花嫁ってのは……」

異雲人だなんだと言われることよりも、花嫁と言われることが一番困ってしまう。蓮はもじもじと膝を動かし、そんな蓮を黒緋は面白そうに見ている。

「事実なのだから、仕方がない」

「事実じゃないです……」

力なく蓮は言った。千歳が蓮の膝に乗って「どうしたの？」と尋ねてくる。

「おまえがあの日、私の上に落ちてきたこと。それには確かに、意味があることに違いないのだから」

「意味が……あるのかなぁ？」

千歳の髪を撫でながら、首を捻る。しかし自分の身に起こったこの大きすぎる異変には、意味がなければやっていられないという気もするけれど。

「もちろん、あるに決まっている」

堂々と、黒緋は言った。

「私の花嫁という意味がな。それ以外に、考えられん」

「だから、それは……」

「おまえは、山桃の命も救ってくれた」

「そんな、大袈裟《おおげさ》な」

手足口病で死にはしない――そう思ったけれど、黒緋はそう考えてはいないようだ。

「大袈裟ではない。おまえの早々の見立てがなければ、治療法を間違っていたかもしれないと、侍医が言っていたぞ」

「買いかぶられても困ります……」

だんだんと自分が萎縮《いしゅく》していくのを感じる。蓮は思わずうつむいてしまい、すると黒緋が膝を立て、その膝から裏葉が転がり落ちた。

「蓮、来い」

「は……はい」

いきなり呼ばれて、戸惑った。ずるずると床の上を膝行《いざ》ると、黒緋の隣に座る。見あげると、立派な獣頭がこちらを向いていて、その目がじっと自分を見つめていることに気がついた。

「なに……」

彼は、手を伸ばした。黒緋の手が蓮の顎にかかり、さらに上を向かされる。黒緋の唇が、近づいてくる。

「ん、んっ！」

いきなりくちづけられて、蓮は大きく目を見開いた。唇はそのまま深く重なり、ちゅくりと舌をからめとられる。

「きゃー！」

叫んだのは、子供のうちの誰だったか。蓮は、それどころではなかった。唇を奪われ息を塞がれ、大きく目を見開いて、黒緋を見ていた。黒緋はなんでもないことのように、体に腕をまわすでもなく、ただくちづけていたけれど、やがてキスをほどいた。

「我が、花嫁」

低い声で、黒緋は言った。

「おまえの唇は、甘いな」

「ああ、甘いって！」

やっと声を出せた蓮は、思わず喚く。

「なにやってるんですか！　いきなり！　子供の前で！」

「子供の前でなければ、いいのか？」

「そういう問題じゃありませんっ！」

蓮は動揺のあまり、両手をぶんぶんと振りまわした。そんな蓮を、黒緋は面白そうに見ている。

「なんで、いきなりこんな……俺の同意は、どこに行ったんですか！」

「我が花嫁にくちづけるのに、なんの断りが必要だ？」

「必要に決まってます！　俺は、了承なんてしてません！」

「そのうち、おまえからねだるようになる」

不敵な笑いとともに、黒緋は言った。

「おまえから、くちづけてくれ、とな。その日が楽しみだな」

「おかしなもの、楽しみにしないでください！」

蓮はすっくと立ちあがり、その場に背中を向けた。ばたばたと足音を立てて飛び出す後ろ姿を追って子供たちの声がかかったけれど、蓮は足を止めなかった。

「はぁ、は……っ、……っ」

館の外に出て、大きな樹の幹の根もとに座り込む。はぁはぁと息をしながら、それでも鮮やかにくっきりと、黒緋のくちづけが残っていることに気づいていた。

「な、なんなんだ……いったい」

そんなに長い距離を走ったわけでもないのに、ぜいぜいと息が切れている。これは走ったせいではない、焦燥しているからだということに思い及ばないわけにはいかなかった。

心臓が、どくどくと跳ねている。こんなふうに動揺してしまう自分がいやだったけれど、原因は黒緋のキス以外にはあり得ない。

（いきなり、あんなこと……！）

しかも、舌を絡ませてくるなんて。本気のキスだとしか思えないではないか――戯れのキスなら、それはそれで腹が立ったのだけれど。

（子供の前で！）

それが、一番腹の立ったことかもしれない。見られさえしなければよかった、というわけでもないが。

(俺が花嫁とか……本気なのか)

今まで冗談半分で聞いていた言葉が、黒緋にとっては冗談ではなかったのだということをまざまざと知らされて。それは自分にとっても、意外なほどにショックだったのだ。

(本気なんだ……、本気で、俺を)

しかしこのような異世界に来ているという事実だけでも、充分ショッキングなことなのだ。そのうえ『花嫁』だなんて、いったいどう対応すればいいのだろう。

(花嫁を迎えこそすれ、自分が花嫁になる予定はないっ!)

胸の中でそう叫び、がばっと顔をあげると、目の前には常磐がいた。

「うわっ!」

「うわっ、じゃないよ。でていっちゃうから、しんぱいしたじゃないか」

「あ、ごめん……」

常磐が、小さな手を差し出してくる。蓮がそれを取ると、常磐は思いのほか強い力で蓮を引っ張って、その頬にちゅっとキスをした。

「わぁぁぁあっ!?」

「黒緋さまに、さきをこされた」

悔しそうに、常盤は言った。唖然としながら、蓮は彼を見つめる。

「おまえ……黒緋さま大好き、なんじゃないのかよ」

「黒緋さまをすきなのと、蓮をすきなのは、べつだよ」

生意気な口調で、常盤は言った。

「黒緋さまはそんけいしてるけど、蓮は、はなよめにしたい」

「また花嫁かよ……」

蓮は、がっくりと肩を落とす。

「この国には、こういう男しかいないのか……」

「あんしんして、裏葉はちがうから」

ちっとも安心できないことを、常盤は言った。

「どうせモテるなら、女の子がいいよ……」

「へえっ、千歳とか？」

「……千歳は、ちょっとうるさいからやだ」

そう言うと、常磐は笑った。その笑い顔は小さな子供相応のもので蓮は少し安堵したけれど、続いた常磐の言葉は、安堵どころではなかった。

「蓮をみてると、どきどきする」

「……どきどき？」

「だって、蓮はなんだか……」

「な、なんだよ」

常磐が、それ以上の言葉を知らなくてよかった、と蓮は思った。なんと言おうか迷っているらしい常磐の手を取って、蓮は無理やり引っ張った。

「い、いいから！　言わなくていいから！　さ、行こう？」

「あ、うん」

たじろぐ常磐を引っ張って、蓮は館に戻った。しかし黒緋はもういなくて、なおも眠っている山桃を枕もとで千歳と裏葉が心配そうに見やっているだけだった。

「黒緋さんは？」

「おしごとがあるから、かえるって」

残念そうに、千歳が言った。ほっとしながら、同時にどこか残念な気持ちも感じながら、蓮は山桃の枕もとに座る。

（いてほしかったなんて……俺、なに考えてるんだろう）

自分の考えに落ち込む蓮に、裏葉が言った。

「山桃、だいぶかおいろよくなってきた」

「そう、よかった」

眠っている山桃の手を取り、腕の内側を見る。口を開かせて中を見る。発疹はほとんどなくなっていて、あとは時間の問題だと思われた。

「もう、すぐによくなるよ。そうしたら、また遊べるから」

「はやく、げんきになるといいなぁ」

裏葉が、つまらなそうに言った。

「山桃がいないと、つまらないや」

「裏葉は、山桃のことが好きだね」

蓮はなんの他意もなく、そう言ったのだ。しかしすると、裏葉の首もとがするすると真っ赤になっていって――頭は獣頭だから顔のほうはわからないけれど、毛皮の下は真っ赤になっているのかもしれない。

（子供って……ばかにできない）

それは、向こうの世界にいたときから思っていたことだけれど。しかしこの世界の子供はよりませているのか、好きだなんだと感情が激しい。

（黒緋さんが、俺を花嫁だって言ってて、常磐もそんなこと考えてて。裏葉は山桃が好きで、千歳は黒緋さんの花嫁になるんだって言ってて）

頭の中がこんがらがってきた。

（いったい、何角関係なんだ？）

なぜ、このようなことで頭を悩ませなくてはならないのだろう。いささかうんざりして、蓮は顔を伏せた。


山桃は、間もなく元気になった。

「よかったね、おきられるようになって！」

千歳は嬉しそうに、山桃の手を握っている。うん、と山桃はうなずいた。

「おくすり、まずかった」

ぽそりとそう言う山桃に、蓮はつい笑ってしまう。黒緋の前では、虚勢を張っていたのだ。

「あのおくすりはね、蓮がいっしょうけんめい、いっぱいみつをいれてくれたのよ？」

「それでも、まずいものはまずいんだもん」

拗ねたようにそう言う山桃がかわいい。蓮は、よしよしと頭を撫でてやる。

「山桃は、頑張ったよ。まずい薬も呑んだし、しんどいのも我慢したしな」

蓮が褒めると、山桃は珍しく子供らしい嬉しそうな顔をした。いつも取り澄ましたような顔をしている彼女のそんな表情が嬉しくて、思わず長い黒髪をくしゃくしゃと撫でてしまう。

「蓮、かみがぐちゃぐちゃになるわ」

「あ、ごめん」

やはり山桃は、山桃だった。千歳がぷっと笑って、そして山桃の手を取る。

「おそと、いこう？　おはなつみ、しよ！」

「うん」

女の子ふたりは、花を摘《つ》みに行くらしい。そして男の子ふたりは、部屋の中でのボール遊びに夢中だ。

「蓮さま」

そこに、声がかかった。侍女のほうを振り向くと、彼女はどこか苦い顔をしている。

「どうしたんですか？」

「あの、鴬地さまが」

彼の名前に、どきりとした。顔をあげると、侍女の少し後ろにいかめかしい顔をした従者たちと、そして鴬地の姿が見える。

「先触れもなくおいでになるなんて、お行儀が悪いと申しあげたのですけれど」

「俺たちの間に、行儀などあるのか？」

鴬地はすたすたと蓮のもとに歩いてきて、蓮は思わずたじろいでしまった。

「おお、そんな顔をするな」

にやにやと、いつもの不愉快になるような笑みを浮かべて、鴬地は蓮の目の前に立っている。

「子供が、病になったのだって？　見舞いに来たのだぞ」

「山桃は、もう治りました」

気丈に、蓮は言った。

「もう、元気に遊んでいます」

「そうか、それは残念だ。蜜の塊を持ってきたのだが」

傍らの従者が、小さな籠《かご》に入った蜜の塊とやらを捧げ持っている。

「遠慮はいらぬ、受け取れ」

「ありがとうございます……」

ずしりと重い籠を、受け取った。わざわざ見舞いの品を持ってきてくれるなんて、鴬地も意外といい男なのかもしれない。

「病だった子供は、どこだ」

「今は、庭で遊んでいます」

「それほどに元気になったのなら、問題ないな」

鴬地は、どこかほっとした様子を見せた。彼に対する認識が変わる。裏葉と常磐も、そんな鴬地の態度を不思議に思っているのだろう。ボール遊びをやめてじっと鴬地を見ている。

「おう、餓鬼どもも元気そうだな」

「がきじゃないよ！」

いったんは見直した鴬地だったけれど、そういう態度は変わらない。裏葉がボールを鴬地に投げて、しかし鴬地は見事にそれをキャッチした。

「なにしにいらしたんですか、鴬地さん」

「ご挨拶《あいさつ》だな。子供の様子を見に来たに決まっているだろう？」

そんな鴬地の態度は空々しくて、蓮は思わず、疑わしく鴬地を見た。

「兄上の大切にしている子供たちだ。それに、おまえもな」

（本性が出た）

蓮は内心、舌打ちしたい気持ちだった。彼は、黒緋の花嫁だという蓮を狙っているのだ。

蓮を手に入れれば王になれるとでもいうのだろうか。

「でも、黒金の指輪がないと、王にはなれないんでしょう？」

「は？」

なにを突然、というように鴬地は目をきょとりとさせた。

「俺は、なにも知らない異雲人ですから、もちろん黒金の指輪の行方なんて知らないし、俺に構ったって、仕方ないいんじゃないですか？」

「それは、確かにそうなのだが」

鴬地は、一歩蓮に近づいた。身長差がなければ顔が触れ合うくらいの近さで、蓮は思わず一歩後ずさりをする。

「私は、おまえを奪いたい」

その言葉に、蓮はぞくりとした。

「兄上のものは、なんでも欲しい……けれどおまえは、少し違うな」

「違う、って……？」

なおも後ろに一歩下がりながら、蓮は眉根を寄せた。鴬地は、にやりと笑う。

「おまえは、兄上のことがなくとも、欲しいと感じる」

ぞくぞくっ、と蓮の背に冷たいものが走った。鴬地は蓮の作った距離をたちまち縮めてしまい、蓮のそれよりもひとまわり大きな手で顎を掴んできた。

「な、なにするんですか、やめてくださいっ！」

思わず大きな声をあげると、子供たちが駆け寄ってきた。外で花摘みをしていたはずの女の子たちも、手にいっぱいの花を抱えてじっとそこに立っている。

「おまえの唇は、甘そうだな」

にやり、と唇の端を持ちあげて、鴬地は言った。

「味わってみたくなる……構わないか？」

「じょ、冗談じゃありません！」

蓮は逃げようとして、後ろにいた裏葉につまずいて転びそうになった。とっさに彼を抱きしめ、すると裏葉が、鴬地を睨みつける。

「おお、恐ろしい」

ちっともそう思っていない調子で、鴬地は言った。

「蓮の、騎士気取りか？　いいぞ、もっと愉快なところを見せろ」

くすくすと、鴬地が笑う。彼は蓮の唇に自分のそれを近づけて、触れ合う前にぱっと離した。

（何角形かの関係に、またひとり……）

うんざりする思いで、蓮はため息をついた。

「なんだ、ため息とは。なにが気に入らないんだ」

（鴬地さんが、目の前にいることです）

そうとは言えず、蓮は口ごもった。その代わりに声をあげたのは、足もとにいる裏葉だった。

「蓮は、黒緋さまのはなよめだ」

凜《りん》とした声で、裏葉は言った。

「おうさまの、はなよめなんだ。おうさまのはなよめにちゅーするなんて、だめなことだぞ！」

「王さま、ねぇ」

鴬地は、楽しげにそう言った。

「黒金の指輪を持っていない、王など、な」

そう言って鼻で嘲笑う鴬地に、たまらなく腹が立った。黒金の指輪がなんだろうと、黒緋をばかにするような発言は許しがたかった。

「鴬地さんは、黒金の指輪の在処《ありか》を知ってるんじゃないですか？」

蓮が言うと、彼は驚いた顔をした。

「知ってて、隠してるんじゃないですか？　そうやって、黒緋さんを困らせようと……」

「それは、なかなか面白い考えだがな」

腕を組んで、鴬地はじっと蓮を見る。

「だがな、私が持っていたとして、おめおめと兄上を王位に据えておくと思うか？　私が持っているなら、すぐにでも私は王位を主張する。兄上になど、国を渡しはしない」

それはそうだろう、と蓮は思った。兄だろうと弟だろうと、黒金の指輪を持っている者がこの国での王なのだ。指輪を持っている鴬地が、黙っている道理などない。

「鴬地！」

甲高い声が聞こえた。はっと振り返ると、そこにいるのは花束を持った山桃と千歳で、厳しい目つきで鴬地を見ている。

「鴬地、蓮をいじめないで！」

「いじわるしてると、黒緋さまにいいつけるから！」

「おやおや、こちらもまた、勢いのいいことで」

ばかにするように、鴬地が言った。彼が嘲笑う声を立てたことが、女の子たちの癇《かん》に障ったらしい。

鴬地は、山桃に一歩近づいた。山桃は、さっき蓮がそうしたように鴬地から、一歩遠ざかる。

「なんだ、おまえの調子を見にきてやったのに」

「あなたにみにこられたら、よけいにわるくなるわ」

「減らず口を」

鶯地はくすくすと笑い、手を伸ばして山桃の髪を撫でた。

「やめてっ」

山桃は嫌悪の顔をして鶯地から飛び退いたけれど、鶯地はなおも笑っているばかりだ。その顔を見ていると、彼もそう悪い人物ではない——子供をからかって楽しむのは悪趣味だけれど、面倒がることなく構っているところは、彼にもどこか純粋なところがあるように見えるのだ。

（お見舞い持ってきてくれたりとか。そんなことでいい人かもって思っちゃうのは、短絡的かもしれないけれども）

しかし蓮が鶯地を見直したのは、尚早だった。彼は蓮を見て、手を伸ばして、そして蓮の口もとに唇を押しつけてきたのだ。

「う、わ、ぁ、ぁーっ！」

「ふふ、なかなかいい味だな」

「ちょっと、やめてくださいっ！」

「鴬地、なにしてんだよ！」

「蓮がかわいそうじゃないの！」

子供たちも、てんでに激昂《げっこう》している。蓮は、ごしごしと口もとを拭《ふ》いた。そんな五人を、鴬地はやはり笑いながら見ている。

「兄上に、言いつけるか？」

挑戦的に、鴬地は言った。

「兄上は、怒るだろうなぁ？　その怒りかたも、また見ものだけれどな」

「黒緋さまをためすようなこと、やめて」

怒りを隠さずに、山桃が声をあげる。彼女は両手を広げて蓮の前に立ち、まるで蓮を守っているかのようだ。

「たいした騎士がいたものだな、蓮」

鼻を慣らして、鴬地は言った。くるりと皆に背を向ける。

「子供をからかうのも飽きたな。行くぞ」

「はっ」

鴬地の従者たちが、彼に従う。蓮は啞然としてその後ろ姿を見やり、子供たちはまだぷんぷんと怒っている。

「蓮は、黒緋さまのはなよめなのに！」

「それなのに、くちづけするなんて！」

「いやぁ、キスくらい……俺は、平気だから」

「だいたい、蓮にもすきがあるのよ！」

千歳が、甲高い声でそう言った。

「鴬地に、くちづけをゆるすなんて！　黒緋さまにもうしわけないとおもわないの？」

「いやぁ……確かに、いやだったけど」

もう一度、手の甲で唇を擦りながら蓮は言った。

「黒緋さんに申し訳ないとか、そういう問題？　あんなの事故じゃないか」

「じこ！」

大袈裟な声で、山桃が言った。

「蓮って、いがいとほんぽーなのね。それとも、くちづけくらいたくさんのひととしたことがあるっていうの？」

「ほんぽー……？　ああ、奔放か」

山桃の言葉に納得し、そして同時に慌ててしまう。

「奔放なんかじゃないよ！　キスなんか、全然とは言わないけどしたことない！」

「あるんだね」

疑わしそうな顔で、常磐が言った。まるで浮気現場を押さえられたような気がするのは、気のせいだろうか。

「いや、でも……そんなの、昔のことだし」

「黒緋さまの、はなよめのくせに」

八つの瞳が、じっと蓮を見つめてくる。それにたじろぎ、蓮は踏鞴《たたら》を踏んだ。

「はなよめのくせに」

「うわきもの！」

子供たちの視線と声に、蓮は追いつめられた。背中を、冷たい汗がしたたっていく。

□

王宮のほうが、ざわついている。

最初にそれに気がついたのは、常磐だった。いつも寝てばかりいるくせに、こういうときの直感はやたらに鋭いのだ。

「蜻蛉国のひとが、きてるんだ」

「おまえ、なんでそんなことわかるんだ」

呆れながらも、蜻蛉国とは先日まで戦争をしていた国ではなかったかと思い出した。どきり、と胸が鳴る。どう考えても、ただ挨拶に来ただけとは思えない。

「……みにいく？」

いたずらっぽい声で、裏葉が言った。蓮はここでは、子供たちを止めなくてはいけない立場であるはずだ。しかしいやな予感と、そして好奇心とに煽られて、子供たちと蓮、五人は侍女たちに見つからないようにこっそり、王宮に向かった。

「わ……」

王宮の広間に近づくと、ものものしい雰囲気が伝わってくる。蜻蛉国の人物が来ているというのは本当らしい。衛兵の目を盗んで広間に入ると、隅の隅に、五人して固まって、座った。

上座には、いっそう威厳を感じさせる装いの黒緋がいる。まわりには蓮がはじめて落ちてきたときにいた重鎮らしき面々が顔を揃えている。

「内紛、とな」

黒緋が重々しい声で言った。

「蜻蛉国は、そのようになっているのか」

「お恥ずかしながら」

黒緋の前にひざまずいている男は、人頭だった。雪豹国の衣装と似てはいるが、飾りが少なくシンプルだ。

「このままでは、帝位争いが起こってしまいます。そのまえに、なにぞと陛下のお口添えを……」

「己の国のことは、己で解決するがいいでしょう」

言ったのは、雪豹国の白髭《しろひげ》の老人だった。

「我らが陛下を煩わせるまでもない」

「まぁ、爺《じい》。そう言うな」

言ったのは、黒緋だった。彼は慰めるような目線で、蜻蛉国の男を見ている。

「で？　私に、なにができるというのだ？」

「ぜひとも我が国にいらして、ご意見を……」

「陛下のご足労を願うというのか！」

まわりの臣下が、いきり立った。

「そなたは、我らが王を軽くお考えでいらっしゃるようだな。蜻蛉国の王同様、雪豹国の王も尊重されるべき重い存在。あちらこちらと呼びつけていいものではない！」

激昂する臣下の中、黒緋は静かに使いを見ている。その青い瞳はぎらぎらと光り、使いは畏《おそ》れをなしたように深くひれ伏した。

「使いどの」

静かに、黒緋は言った。

「私が足を運ぶというのは、僭越《せんえつ》に過ぎる。また再び、両国の間に戦が起こっても不思議ではない行動だ」

蓮は息を呑んだ。子供たちも、臣下も、蜻蛉国の使いもはっとしたようだ。

「そんな危険を冒してでも、私に行くようにと申すのか？　それともそなたは、再び戦を起こそうという輩《やから》か？」

聞く者がぞっとするような、鋭い声で黒緋は言った。

「……はっ！」

蓮は、思わず瞠目《どうもく》した。目に映ったのは、ぎらりと光る金属だった。使いの者が懐から素早く取り出したのだ。蓮はとっさに、立ちあがる。

がしゃん、と大きな音がした。一瞬のことに、なにがあったのかわからなかった。続けて男の「ぎゃああ！」という叫び声が聞こえる。

「……ひっ」

広間の真ん中で、ごとんと不気味な音がした。蓮は目を見開いていながらなにがあったのか理解できず、何度もまばたきをした。

「きゃー！」

「わぁーっ、わーっ！」

隠れている身だというのに子供たちが騒ぎはじめて、潜んでいたことがばれてしまう結果になった。

「黒緋、さ……」

黒緋は中腰になって、その手には短刀が握られていた。彼の腰に飾られていたものだろう。彼の目の前では、蜻蛉国の使いだったはずの男が叫び声をあげてのたうっている。床は血まみれで、その傍らには投げ出された彼の右手があった――黒緋に斬《き》られたのだ。ごとんという音の正体は、それだったのだ。右手には鋭い錐《きり》のような道具が握られている。きっと毒が塗ってあるのだろう、と蓮にも想像するのは容易《たやす》かった。

「蓮、子供たちを連れていけ」

その声音は、ぞくっとするほどに冷たく、威圧的で迫力があった。彼は王なのだ――誰よりも強く、凛々しく、雄々しい王という存在なのだ。

「みんな、行こう」

泣きべそをかく子供たちの手を取って、蓮は広間から離れる。しかしその手が震えていることを隠すことはできなかった。

「こわいー、こわいー」

裏葉が泣いている。ほかの子供たちも泣いたり難しい顔をしたり、先ほどの光景にショックを受けているようだ。それは手を斬られるというショッキングな光景にか、それともいつも優しい黒緋の豹変したような姿にか——尋ねるのは、恐ろしいように思った。

蓮たちは、子供の館に戻った。子供たちはいつまでもぐずぐずしていて、彼らをあやすのはたいそうな苦労だった。

□

ふいと目が覚めると、窓の向こうはまだ夜だった。

なぜこんな時間に起きてしまったのだろう。蓮は寝返りを打ち、するとと寝床のかたわらに人の気配を感じる。

「誰……？」

掠れた声でそう尋ねると、返事があった。

「私だ」

「……黒緋さん？」

彼の姿を見るのは、広間で知らなかった彼の一面を見て以来だ。自然に、背がぞっとした。

そんな蓮の心を知ってか知らずか、黒緋の手が、額に伸びてきた。そっと触れられて、どきりとする。彼が前、こうやって夜の部屋にやってきたのは、彼の胸で泣いたときだったことを思い出して、恥ずかしくなった。

「浮気したそうだな」

昼間の広間でのことをおくびにも出さず、急にそのようなことを言われて蓮は思わず大きな声をあげる。

「な……、っ、違いますよ！」

思わずがばりと起きあがる。

「鴬地さんに、不可抗力でキスされただけです！　浮気とか、そういうのじゃないから！」

「ほぉ、不可抗力とな」

面白そうな声で、黒緋は言った。薄闇《うすやみ》の中で、彼の姿がだんだんはっきりと見えてくる。

彼は柔らかく、微笑んでいた。

「ということは、おまえの唇を奪うべきは、ほかにいる、ということだな」

「え……？」

彼がなにを言いたいのかわからない。蓮は目をぱちくりとさせ、黒緋は目をすがめて微笑んだ。

彼の手が伸びてくる。顎を摑まれて、どきりとした。

「私は、おまえを愛している」

何度も聞いた言葉を、蓮の耳に注ぎ込むように黒緋はささやいた。もういい加減聞き飽きてもいいのに、黒緋の声は艶《なま》めかしくて、うっとりとする色気を孕《はら》んでいる。

「私の愛する者は、私以外の者に唇を許してはならない」

びくっ、と蓮は肩を震わせる。

「この唇も、瞳も……体も、すべて。私のものだ」

「く、ろひ……さ……」

黒緋が、布団の上から覆いかぶさってくる。蓮は反射的に暴れようとし、しかし両手を黒緋にがっちりと押さえ込まれてしまう。咽喉もとに豹頭を擦りつけられる。ぐりぐりとされて、それはまるでマーキングのようだ。

（黒緋さんに、マーキングされてる……）

「ほかの者に触れさせるなど、とんでもないことだ」

「ね……、はな、して……」

「離さない」

そのまま黒緋は顔を伏せてきて、蓮にキスをする。濡れた唇でちゅくっと触れられて、するとぞくりと怖気《おぞけ》が走る。蓮は強く目を瞑った。

（こ、のまま……、され、ちゃう……の、かな）

体中が、大きく震えた。

（ヤられちゃう、のかな……？）

未経験のことに気持ちは動揺するけれど、しかしどこかで「黒緋ならいい」と思っている自分がいる。そのことはなんとも不思議だけれど、このまま抱かれても、後悔はないと思った。

「あ、あ……、っ……」

しかし黒緋は、くちづけただけで顔を起こしてしまった。そして蓮を解放し、布団の傍らに座る。

「今はせぬよ、まだ、な」

くすくすと、黒緋は笑う。

「おまえには、まだ早すぎる……まだ私を、愛してはいない」

「それは……」

この世界にやってきて、どれくらいになるだろう。二ヶ月？　三ヶ月？　確かにまだ、ひとりの男を愛するには、早いと感じた。

「おまえからねだるまで、待とう」

ゆったりした口調で、黒緋は言った。

「おまえが私に、抱いてほしいと言うまで……私は、待つ」

「そんなときが、来なかったら……？」

蓮が尋ねると、黒緋はまたくすくすと笑った。

「いいや、来る。それは確実だ」

「確実だなんて……」

そんなときなんて、想像できないけれど。しかし黒緋が言うのなら、それは確かなことなのだと思われた。

どき、どき、と心臓が鳴る。まるでそのときを恐れているような、一方で期待しているかのような。自分でもよくわからない複雑な感情が入り乱れている。

「そのときを、楽しみに待っている」

そう言って黒緋は蓮の額にキスをして、そして立ちあがる。

「起こして悪かったな。よい夢を」

彼はその言葉を残して、去っていった。残されたのは布団に起きあがった蓮だけで、静かな夜の中、やたらに胸の鼓動が、うるさい。

第四章　地下王国の賢者

蓮は、裏葉の右手を押さえて言った。

「ほら、手を振りまわさない。ご飯が飛んじゃうよ」

「うー、うー！」

裏葉は口の中をいっぱいにして呻《うめ》いた。そんな彼を、山桃が呆《あき》れたように見ている。

「おぎょうぎよくしないとだめなのよ？　ごはんぬきになっちゃうんだから」

「ごはんぬき！」

裏葉はぎょっとしたように声をあげた。彼の口の端には、かぼちゃの粒がついている。

「ごはんぬきは、裏葉はいちばんきらいだもんね」

「ごはんぬきは、だれだっていやだろう⁉」

今日の朝ご飯は、かぼちゃとヒシの実のお粥《かゆ》、六つの宝と呼ばれる具の入った和《あ》えもの、牛肉と陳皮の炒《いた》めものだ。

「千歳だって、ごはんぬきはいやだろう？」

「あたしは、そーしんしてるの」

澄ました顔で、千歳は言った。

「きれいになって、黒緋さまのはなよめになるのよ」

「そーしん？」

蓮は思わずそう言って、千歳の言葉の意味を考える。

「ああ、痩身《そうしん》？　ダイエットのことか？」

「だいえっとっていうの？　そっちのほうが、なんだかよりきれいになれるきがするわね」

「あのなぁ、千歳」

彼女に向かって、蓮は顔を歪《ゆが》めた。

「そんなの、子供がすることじゃない」

「こどもとか、さべつしないでほしいわ」

つん、と千歳が顎《あご》を反らせる。しかしその口はもぐもぐと動いているのだけれど。

「こどもだって、きれいになっていいはずよ。そーしん……だいえっとって、きれいになることなんだから」

「ご飯はちゃんと食べないと、きれいになれないよ」

蓮が言うと、千歳はぎょっとした顔をした。

「ほんとう?」

「もちろんだよ。食べて、遊んで、寝て、それがきれいのもとになるんだから」

「ほんとうなの?」

千歳は変わらず驚いた顔をしている。

「本当だって。誰《だれ》だよ、千歳に痩身なんて教えたのは」

「だれでもいいでしょー」

千歳は拗《す》ねてしまったのか、唇を尖《とが》らせた。その隣では、山桃が千歳を見ながら、木の匙《さじ》で和えものを口に運んでいる。

「千歳は、きれいになることにはどんよくだものね」

「そう、きれいになって、黒緋さまのはなよめになるひにそなえるの」

うっとりとした口調で、千歳は言った。

「黒緋さまも、そのひをおまちにちがいないんだから」

そんな千歳を、蓮は複雑な思いで見ている。昨日も、黒緋には自分が彼の花嫁だと言われた。男の身で花嫁呼ばわりされることに慣れるはずがない。時間はかかるだろうが、これほどに望んでいる千歳を花嫁にするほうがいいのではないだろうか。

「うん、そうだね……」

「なにいってるんだよ、黒緋さまのはなよめは、蓮なんだろう？」

「黒の月、緋の日にあらわれたいうんじんなんだもん。蓮が、はなよめなのよ？」

「黒緋さまも、そういってる」

三人が口々にそう言い、千歳は圧倒されたように驚いて、そしてますます拗ねてしまったかのように唇をつんとさせた。

「あたしが、はなよめだもん！」

そう喚《わめ》くと、がつがつお粥をかき込みはじめた。

「千歳、慌てて食べると咽喉《のど》に詰まらせるよ」

「なによ、ゆっくりたべたらきれいになれるの？」

「きれいになれるかは知らないが、ゆっくりと食べたほうが上品に見えるな」

声がして、その場の五人は皆振り向いた。食堂に入ってきたのは黒緋で、なにが楽しいのか微笑《ほほえ》んでいる。

こんな微笑みを見ていると、蓮のよく知った黒緋なのに。どうしても、あの広間での彼の迫力を思い出してたじろいでしまう。そんな蓮を、黒緋はちらりと見た。

自棄《やけ》になっていたのを見られて、恥ずかしくなったのだろう。千歳が顔を真っ赤にした。

「黒緋さま！」

「どうしたんですか？」

「ああ、たまには朝食に混ぜてもらおうと思ってな」

黒緋のために、皆が席を作る。まるで用意していたかのように侍女たちが黒緋の皿を持ってきて、朝食の場は六人になった。

「どうした千歳、腹が減っていたのか」

「ちちち、ちがうもん！」

「千歳はね、だいえっとしてるのよ」

「ああ、山桃、よけいなこといわないで！」

だいえっと？　と、黒緋が首を傾《かし》げた。うん、と山桃がうなずいた。

「きれいになるほうほうなのよ。千歳はきれいになって、黒緋さまのはなよめになるんですって」

そうか、と木の匙を動かしながら黒緋は言った。

「しかし私の花嫁は、蓮だ」

蓮は、ぎょっとして黒緋を見た。昨日の夜のことを思い出してしまう。ただキスをされただけ――といえばそうなのだろうけれど、あのときの雰囲気は、それだけではなかった。それが蓮を動揺させる。

「蓮を差し置いて、おまえを花嫁にするわけにはいかんな」

「そんなぁ……黒緋さま」

千歳は、今にも泣き出しそうだ。隣に座っている常盤が、ぽんぽんと千歳の背中を叩《たた》いている。

「おまえには、そのうちふさわしい相手が現れる」

粥を啜《すす》りながら、黒緋は言った。

「私のようなおじさんではなく、おまえに釣り合ういい男が現れるよ」

「そんなきやすめ、ききたいわけじゃないわ！」

千歳は叫んで、空いた皿の中を匙でかちかちかきまわす。

「こら、千歳。お行儀の悪い」

「おぎょうぎなんて、どうでもいいもの」

そして匙を放り出してしまうと、立ちあがって駆け出した。

「あ、千歳！」

「いいから、放っておけ」

呆れたように、黒緋が言う。しかし蓮は、放っておくどころではない。

「どっか、危ないところに飛び出していきでもしたら困るじゃないですか。連れ戻してきます！」

蓮は勢いよくそう言って部屋を出たものの、実のところは黒緋の近くにいるのが居心地悪かったからだ。昨日の夜から、妙に黒緋を意識してしまう——たかがマーキングされてキスされただけなのに、これほど存在を大きく感じてしまうのは、あの夜にはなんらかの魔法がかかっていたに違いないと思ってしまうのだ。

「千歳、千歳」

館から出て、いつも五人で遊ぶ庭園に出た。今まで蓮が勤めていた保育園の園庭など比べものにならない。広くてたくさんの隠れ場所になる岩のある庭園だ。千歳を見失ってしまうかもしれない。しかし今日の彼女の服は赤で、岩場の中では目立つだろう。

「千歳、どこ行った？」

目を凝らして、岩場を見つめる。と、かさっと音がして、振り返ると常磐が、あくびをしながら立っている。

「千歳、さがしにいくんでしょ？　いっしょにいく」

「うん、案内とかしてくれると嬉《うれ》しいな」

蓮は常磐とともに、四つの目を凝らしてまわりを見る。視界の中に入ったのは、赤い小さな人影が庭園の奥に駆けていっているところだ。

「千歳！」

蓮と常磐はそれを追った。しかし千歳は止まらずに、どんどん庭園の奥に入っていってしまう。

「千歳、あんまり奥に行くと危ない……」

庭園の奥は険しい山とつながっていて、手入れが行き届いていない。そこに千歳のような小さな子が迷い込んでしまうのは危ない。足を止めない千歳に、蓮は焦った。

「千歳！　止まって！」

「とまれー、千歳！」

「きゃあーっ！」

千歳の声が、遠くに聞こえた。蓮はますます焦燥して声がしたほうに走っていく。常磐も驚くべきスピードであとをついてくる。

「千歳、大丈夫!?」

「きゃーっ、きゃーっ、きゃーっ！」

見れば視線の先には特別に大きな岩があって、千歳の声はその奥から聞こえている。蓮は岩に駆け寄って足もとを見下ろした。すると赤い服を着た千歳が穴に落ちて小さな手を伸ばしている。

「千歳！」

とっさに蓮はしゃがんで、千歳に手を差し出した。しかし小さな手には届かず、蓮はその場に腹這《はらば》いになってさらに手を伸ばす。

「蓮、蓮っ！」

「千歳！」

「がんばれ、千歳！」

ふたりの手が、触れ合った。しかし摑《つか》むまでには至らず、どうやら千歳は少しずつ落ちていっているようなのだ。

「千歳、足を踏ん張って！」

「できないわ、できない……！」

気弱な声で、千歳は言った。いつもの彼女らしくもない。今の状況は、相当にまずいのだろうか。

「なんだかこのあな、ものすごくふかいの……！」

「深い？」

必死に彼女の手を探りながら、蓮は声をあげた。

「ってことは、まだ落ちるってこと……千歳、手を伸ばして！」

「これいじょう、できないわ！」

蓮はほとんど穴に落ちかけながら、千歳の手を取ろうとする。しかしいつまで経ってもふたりの距離は縮まらない。常磐が、後ろから蓮の上衣を引っ張っている。

「おちるー、おちるー！」

「落ちちゃだめだ、千歳！」

「蓮も千歳も、がんばって！」

蓮は、ぐいと手を伸ばした。千歳の小さな手を掴んだ——力を込めて引きあげて、すると千歳の体は穴から引きずり出された。

「は、っ……は……、っ」

「う、わっ！」

しかしそれで、バランスが崩れてしまった。とっさに千歳から手を離し、体の均衡を整えようとしたものの、今度は蓮が穴に落ちてしまう。まるで不思議な力が穴の底から働いて引き寄せられたかのようなのだ。

「わぁぁぁぁ——っ！」

「ぎゃあーっ！」

山に登っていて落ちたときのことを思い出して、ぞっとする。穴の側面はごつごつしていて、体がぶつかると痛い。常磐と蓮の悲鳴が重なり、穴はどこまでも深いように感じられた。

「い、ったぁ……」

「いたたたた……」

ふたりは同時に、声をあげた。常磐は蓮の上衣を摑んでいたせいで、どうやら一緒に穴の底に落ちたらしいけれど、そこもまたごつごつしていて体に衝撃を受けた。

「常磐、大丈夫？」

「いたいよぅ、いたい……」

泣き声をあげる常磐を抱きしめた。土埃《つちぼこり》にまみれているけれど、目立つ怪我《けが》はなさそうだ。蓮も体が痛んだけれど、やはり大きな怪我はないように感じる。

「ものすごく痛いところ、ある？」

「ものすごくは、いたくないよ」

常磐は、気弱な声で言った。いつも鷹揚《おうよう》な彼らしくない。蓮は「よしよし」と常磐の頭を撫《な》で、常磐は蓮の胸に縋《すが》りついた。

「わぁぁぁん、あぁぁぁん！」

「よしよし、泣くな泣くな」

蓮は、頭の上を見あげた。ふたりして、まるで『不思議の国のアリス』のように、穴に落ちてしまった。しかも不思議な力に導かれて。

千歳の声が、上のほうから聞こえる。ふたりが落ちてきた、地上につながる明るいところはとても小さく、よじ登ることなどできそうにない。

「こんなところ、落ちちゃって……どうしよう」

「みんなのところに、もどれないの？」

不安げな声で常磐が言う。蓮は「うーん」と唸《うな》った。落下した恐怖はいまだ色濃いが、常磐の前で気弱いところを見せるわけにはいかない。

「わからない……ずいぶんなところに落ちちゃったなぁ」

蓮は、常磐の顔を見る。彼の表情は不安に揺れていて、そんな顔を前にするとますます、自分が不安がっていてはいけないという気がする。

「あれ？」

蓮は気がついた。こんなにも深い穴の中なのに、常磐の顔がはっきりと見える。今まで落ちた衝撃で混乱していたけれど、深い穴の中なのに見えるということは光源があるからだ。その光はいったいどこから射しているのだろう——蓮は目を凝らし、自分たちが落ちたところのさらに奥に、穴が続いていることに気がつく。

「ここ、ずいぶん大きな穴なんだな……？」

ねぇ、常磐。蓮は話しかけた。

「王宮の庭園の奥に、こんな場所あるって、知ってた？」

少しだけ期待したのだけれど、常磐はぶんぶんと首を振った。

「しらないよ」

「落とし穴にしちゃ、凝ってるしなぁ」

蓮は、光源に目を凝らした。しかし目の届く先は岩壁で、奥に続くにつれ湾曲しているようだ。

「あの奥、行けそうだ」

「おくにいくの？」

不安を隠せないといった口調で、常磐が言った。うん、と蓮はうなずく。

「来たところからは出られなさそうだから、あっちに行ってみるしかないんじゃないかなぁ？」

「いってみる？」

怯《おび》えた調子で、常磐が言った。蓮は常磐を抱えあげると、奥に向かって歩いていった。

「こわくない？」

「わからない……でも、行ってみるしかない」

ごくり、と唾《つば》を呑《の》んで蓮は言った。

「そうじゃないと、みんなのところに帰れないよ」

「かえりたい」

ぽそりと、常磐が呟《つぶや》いた。蓮は彼を抱きしめて、そのまま奥へと進んでいく。カーブを描く道を歩いていくと、だんだん洞窟《どうくつ》のように狭くなっていった。同時にまわりの石が白くなっていく。空気がひやりとする。足もとも今にもすべりそうで、天井からは大きなしずくのような形をした白い石が垂れている。

「鍾乳洞《しょうにゅうどう》だ」

蓮は思わず呟いた。常磐が「しょーにゅーどー？」と尋ねてきて、答えに窮した。蓮も、鍾乳洞がどういうものか説明できるほど知りはしなかったのだ。

「こっちにいったら、かえれるの？」

「わかんない、けど……」

蓮も、どんどんと自信がなくなってきた。自然と歩みがゆっくりとなり、その先は、光源のひとつもない闇《やみ》だった。蓮は、ぶるりと震える。

「こっち、来てよかったのかな……？」

「わかんないけど……こっちしか、みちはないんだもん」

常磐にも自信はないらしい。常磐が下りると言ったので、ふたりでしっかり手をつなぎ、ゆっくりと歩いていく。

こつこつと足音が響いていたのが、だんだん音が吸い取られる。慎重に歩かないと、すべって転んでしまいそうだ。

「どこか、まよいこんじゃった……？」

「鍾乳洞の奥に入ったみたいだね」

ふたりはひそひそ声で話した。どこに誰が、なにが潜んでいるかわからない。

「地下に、鍾乳洞があるの？」

「このちかのこと、きいたこと、あるよ」

真面目《まじめ》な口調で、常磐は言った。

「ちかのつうろは、いろんなみちにつうじてるって。ふしぎなばしょにもね」

だから入り込むことのないように、と常々言われていたらしい。

「不思議な場所、行ってみたい？」

「みんなのところにもどれるってわかってるんだったら、いいかも」

常磐の手は、微《かす》かに震えている。気丈に振る舞っているが、彼も怖いのだ。普段の落ち着いた様子とは打って変わって、怯えている。

「でも、このさきは……」

「この先に、なにがあるの？」

蓮が尋ねると、常磐はぶるりと震える。

「なぁ、常磐……」

「ちかおうこくのあるじがいるって、うばがいってた」

「地下王国の主《あるじ》？」

蓮は首を傾げた。常磐は、また大きく震える。

「それって、恐竜とかドラゴンとか、そういうの？」

「わかんない。ただつかまったら、ちいさなこどもなんて、あたまからばりばりたべられちゃうって」

「えっ」

蓮は思わず常磐の顔を見た。常磐は表情筋に力を入れて、じっと前を見つめている。

「そんな、野蛮な主が？」

「ほんとうかどうかはわかんないよ。ただうばは、たべられないようにおぎょうぎよくしてなくちゃいけないっていってた」

「そういう脅しかたって、よくないなぁ」

蓮は思わず、ぽつりと言った。

「本当にはいないのに、そういう脅かしかたしてると、子供はなにも信じられなくなっちゃう」

「じゃあ、ほんとうはいないの？」

「それは……俺もこの世界のことはよくわかってないから……もしかしたら、本当にいるのかも」

「ぎゃああ！」

常磐は叫んで、蓮の腕にしがみついた。彼の体を庇《かば》いながら先へと進むと、砂っぽいような、冷たいような匂《にお》いはどんどんと濃くなっていく。

「どこまで続いてるんだろう……ここ」

「なんかあそこ、ひかりがない？」

常磐が指を差した。しかし迂闊《うかつ》に光源に近づくと、思いも寄らない目に遭ってしまうかもしれない。ふたりは、慎重に歩いた。

「人がいる」

「ひとり、みたいだね」

男とも女ともつかない人影は、小さな灯《あか》りのもとにいる。彼、もしくは彼女は、蓮たちを待っているかのようだ。

「悪い人じゃ、ないっぽい」

「そんなこと、わかるの？」

「なんとなく……男の勘」

「いいかげんだなぁ」

ふたりは人影に近づいた。それが長い髭《ひげ》を生やした老人であることはわかったが、皺《しわ》くちゃの顔からはやはり性別は見て取れなかった。

「あの……すみません」

蓮は、恐る恐る声をかけた。老人は蓮を、そして常磐を見やる。

「珍しい連れ合いだのぅ」

連れ合い？　と蓮は首を傾げた。常磐は、もっと不思議そうな顔をしている。

「ああ、カップルってこと？　って、カップルなわけないじゃないですか！　見えないかもしれないけど、男同士だし！　保父と、世話してる子供です！」

「なるほど、そういうことか」

髭を撫でながら、老人は言った。

「そういうことだったな、異雲人」

「蓮がいうんじんだって、なんでわかるの？」

常磐が、勢い込んでそう訊《き》いた。

「わしは、なんでも知っておるよ」

「俺たちを、カップルって思ったくせに」

蓮が言うと、老人は笑った。

「あれは、冗談だ」

「本当なのかな……？」

蓮が首を傾げると、老人はますます笑う。

「おじいさん……は、何者なんですか？　こんなところで、なにをしてるんですか？」

「わしは、蘇羅という」

また髭を撫でながら、蘇羅は言った。

（蘇羅。聞いたことがある）

こちらの世界に来てから聞いた名であるはずだ。誰だったか、と首を捻《ひね》っていると、常

磐が急に声をあげた。

「蘇羅さま！」

「いかにも」

これ以上は無理だというくらいに、常磐は大きく目を見開いた。

「でんせつの……けんじゃ」

常磐の呟いた言葉を、蓮はとっさには理解できなかった。

「伝説の、賢者？」

まるでゲームの登場人物のような名称だけれど、目の前にいる老人は実物だ。

「まぁ、そう言われておるようだがの」

謙遜《けんそん》とも不遜《ふそん》とも取れる口調でそう言って、蘇羅は髭を撫でた。

「賢者ってことは、なんでも知ってる……？」

「はて、なんでも、とは買いかぶりすぎじゃ」

ゆっくりとした口調で、蘇羅は言った。

「わしはただ、わしの見聞きしてきたことを知っているだけじゃ。ただそれが、普通の人間よりもちょぃと長い時間であったかもしれぬがな」

そしてまた、髭を撫でた。

「じゃあ、ここからどうやって出たら……」

「蘇羅さまは、黒金のゆびわのことをしらない!?」

常磐が、蓮の言葉を遮って言った。

「蔦地が、蓮がしってるはずだっていうんだ。でも蓮は、しらないって。だって、しってるはずないよ。このせかいにきたばっかりなんだもん！」

「おお、子供よ。もっと小さな声で話すことはできぬかの」

口もとを引き攣《つ》らせながら、蘇羅は言った。常磐は反省したかのように、肩をすくめる。

「黒金の指輪、か」

考えごとをするかのように、蘇羅は視線を斜め上に向けた。蓮もつられて、そちらを見る。

「今の王は、黒金の指輪を持っている」

「うそだ！」

すかさず、常磐が声をあげた。

「もってないよ！　もってないから、黒緋さまはほんとうはおうさまじゃないって、みとめてもらえなくて、つらいおもいをしてるんじゃないか！」

「しかし、今の王のそばに黒金の指輪はあるぞ」

常磐の主張に、少したじろいだように蘇羅は言った。

「わしの千里眼を疑うのか？　確かに指輪は、王の近くにある」

「だったら、それに気づいていない……？」

まさか、あの黒緋に限って。蓮は首を傾げた。

「気づいていないということはなかろう。ただ……目に見えぬものであるから、その手に摑むことができないだけだ」

「目に見えない？」

蘇羅は、ますます謎《なぞ》めいたことを言う。蓮はだんだん苛立《いらだ》ってきた。

「はっきり言ってください」

蘇羅の前に一歩近づき、蓮は大きな声で言った。

「黒金の指輪は、どこにあるんですか」

「だから、王のそばだと言っておろう」

「見えないのなら、どうやったら見えるようになるんですか」

「その存在に気づけば、あるいは」

歌うように蘇羅は言った。蓮は眉《まゆ》を寄せる。

「王がもっとも望むもの、近くにあるそれが、指輪の在処《ありか》を示すであろう」

（黒緋さんが、もっとも望むもの……？）

それはまさに、黒金の指輪ではないのだろうか。それが指輪の在処を知らせるとは。蓮はだんだん、こんがらがってきた。

「いったい、どういうことなんだ……」

常磐も不安そうに、蓮を見ている。そして言った。

「とにかく、黒緋さまのちかくにあるんだよ。さがすなら、黒緋さまのもとに帰らなきゃ」

「でも、ここがどこだかわからないんだぞ？」

それもまた問題だったのだと、蓮は困った。

「どうやって帰るんだよ……」

「どこへ帰ると？」

蘇羅が、不思議そうに問うてきた。

「王宮です。王宮の離れの、子供の館」

「一日中賑《にぎ》やかな、あの建てものか」

「蘇羅さま、しってるの？」

ああ、と蘇羅はうなずいた。そして少々、うんざりした顔をした。

「おまえたちは、早くあそこに戻ったほうがいいな」

長い髭に触れながら、蘇羅は言う。

「おまえたちを捜して、子供たちが大騒ぎだ。いつもおとなしい子供までが、おまえたちを恋しがってわんわん泣いている」

「そ、それは……早く帰らないと」

「蘇羅さま、ぼくたちをかえしてくれるの？」

「もう二度と来ないと言うならな」

やや冷たいことを、蘇羅は言った。常磐は複雑な顔をする。

「もうこないから、かえりみちをおしえて」

「お安いご用だ」

蘇羅は、傍らの石扉を指した。

「そこから出れば、見慣れたところに出られるだろう。そこから先は、気をつけていけ」

「ありがとうございます！」

蓮は声を弾ませた。ぺこりと大きく蘇羅に頭を下げ、常磐とともに石の扉に張りついた。

「うーん！」

「うーん、っ！」

ふたりして、扉を押した。しかし扉はびくりともしない。

「あかないよ……？」

蘇羅は指先を動かし、すると扉はがらがらと半分ほど開いた。

「なんだ、蘇羅さんにしか開けられないのなら、早く言ってくださいよ……」

ふたりは、一緒に扉を押した。ぎぎぎ、と重い音がして、眩《まぶ》しい光が入り込んできた。

「うわっ、外だ」

「まぶしーい！」

ふたりは、子供の館の庭園にいた。あちらこちらから「常磐さま」「蓮さま」と、侍女が声をあげているのが聞こえ、それに子供たちの号泣が混じっている。

「わ、早く行こう」

「うん！」

いきなり岩陰から姿を現したふたりに、「きゃっ！」と侍女が驚いた声をあげる。

「蓮さま、常磐さま！　いつの間にそこにおいでに？」

「蘇羅さまに、みちをおしえてもらったんだ」

常磐は胸を張って言った。蘇羅の名を聞いて、侍女はますます驚いたようだった。

「早く、おいでになってください。皆さまもう大泣きで大変なんです」

「黒緋さんは？」

蓮が館を離れたとき、彼は子供とともに朝食を摂《と》っていたはずだ。しかし今は何時なのだろう。太陽は、ずいぶんと頭上高いところで輝いている。

「もうとっくに、王宮にお戻りです。蓮さまたちがお戻りになったら連絡を、と承っております」

「そう、じゃあすぐに連絡してもらえますか？　俺も常磐も、無事です」

そこに、裏葉の甲高い声が聞こえてきた。

「蓮！　常磐！　どこに行ってたんだよ！」

「ごめんね、いろいろあったんだよ」

澄ました口調で、常磐が言う。

「あとではなしてあげる。あのないているのは、山桃？」

「うん、千歳がなぐさめてるけど、ちっともきかないんだ。常磐たちがいなくなってから、なきっぱなし」

「千歳は、無事に戻れたんだ……」

その事実に、蓮は安堵《あんど》する。

「たいへん、はやくいってあげなくちゃ」

蓮と常磐は館に急ぎ、ふたりの顔を見た山桃は、けろりと泣きやんだ。

「どこにいってたのよ……わたし、ふたりがいなくなったから、こわくてこわくて」

「だいじょうぶ、ぼくたちはここにいるよ」

山桃は侍女に顔を拭《ふ》かれ、洟《はな》を啜りながらも笑顔を見せた。

「それよりも、黒緋さまにおめにかからなきゃ」

使命を帯びた口調で、常磐が言う。

「黒金のゆびわのことで、おはなししなきゃいけないことがあるんだよ」

「ゆびわ？」

山桃が、きょとんとして言った。

「どうしてここで、黒金のゆびわがでてくるの？」

「ぼくたち、蘇羅さまにあったの」

常磐がそう言うと、ほかのみんなの目が丸くなった。

「蘇羅さまのおかげで、かえってこれたんだよ。でもそのまえに、黒金のゆびわのことについて、たいせつなおはなしをきいたんだ」

そこに、侍女が声をかけてくる。

「黒緋さまは、王宮の執務室でお目にかかるそうです」

「行こうか」

蓮が言うと、子供たちはてんでに蓮の手を取った。四人と一緒に王宮に向かい、執務室に通してもらう。

黒緋は、執務机に向かって書簡を開いていた。蓮たちが入ってもしばらく気がつかない様子だったけれど、ふいと顔をあげて、そして驚いた表情を見せた。

「常磐、蓮。戻ってこられたのか」

「ご迷惑をおかけいたしました」

蓮が頭を下げると、黒緋は「いや」と言った。

「私のほうこそ、探索に加わることができなくてすまなかった。無事に帰ってきて、よかった」

「はい、常磐はげんきです」

さっそく眠たそうな顔をしながら、常盤が言った。

「そのようだな……怪我はしていないか？」

「ちょっと。穴から落ちたときに」

「穴？」

蓮と常磐は、てんでになにが起こったのかを説明した。ともすれば常磐が先走りすぎて蓮が話をもとに戻してやらなければならなかったけれど、どうにか黒緋に話は通じたようだ。

「蘇羅さまがな……なるほど」

瞳《ひとみ》に鋭いものを宿して、黒緋は言った。

「蘇羅さまのこともそうだけれど、黒金のゆびわのことだよ、黒緋さま」

「黒金の指輪、とな」

ふわぁ、とあくびをはじめた常磐に代わって、蓮はゆっくりと言葉を継いだ。

「はい。蘇羅さんが言うには、目に見えなくて、でも近くにあって、王がもっとも望むものがその在処を示すんだって」

「まるで、謎解きだな」

難しい顔をしながら、それでもどこか面白がる表情で、黒緋は言った。

「さすがに、予言者……蘇羅。ひと筋縄ではいかないということか」

「だったら、蘇羅さんは実は具体的に知ってるってことですか？」

そのうえで、あえて謎かけをしたのだろうか。となれば、ずいぶんと意地の悪い老人だということになるが。

「それはわからぬ」

考え込む表情で、黒緋は言った。

「そもそも、俗人の世界に口を出すおかたではおられぬ。おまえたちの前に姿を現されたのも、よほどにおまえたちが気に入ったとか、そういう理由でしかあり得ないのだぞ」

「気に入られた……んですかね」

蓮は首を捻った。そんな彼に、黒緋は声をあげて笑う。

「まぁ、その言葉は受け取った。黒金の指輪は、なくてはならないもの……それを捜す示唆をしてくださったということは、私にも運が向いてきたということだろうな」

「でも、目に見えないとか、ヒントにならないヒントばっかり」

「いや、そのようなことはない」

黒緋は、蓮に笑顔を向けた。

「私には、かなり参考になった。私が指輪を手に入れるのも、間もなくだろう」

「そうなんですか……？」

蓮には、黒緋もまた謎めいたことを言っていると感じられた。ともすれば、彼は答えを知っているのだろうか。知っていて蓮の前ではぐらかしているのだろうか。

（どうして、そんなことする必要があるんだろう……？）

黒緋の前を辞しながら、蓮はますます首を捻るばかりだ。

「どうしたの、蓮」

手をつないでいる常磐が、不思議そうに問うてくる。

「ううん、なんでも、ない」

なんでもなくはないのだけれど、どこまで常磐に話していいものかわからないし、どう説明していいものかもわからない。常磐は少し不満そうな顔をしたけれど、子供の館に帰って皆と遊びはじめると、そのことも忘れてしまったようだ。

「子供は、呑気《のんき》でいいよな」

もちろん子供なりの苦悩も困惑もあるとはわかっているのだけれど、元気いっぱいにボール投げをしている三人を見ていると（常磐はすぐに、また眠ってしまった）、自分もくよくよ悩むのはばかばかしいと思うようになってしまう。

□

その夜は、満月だった。

子供たちを寝かしつけたあと、蓮はひとりで庭園にいた。子供向けの小さな東屋《あずまや》の中で、ひとりため息をついている。

（こっちの世界に、ずいぶん馴染《なじ》んできたけれど）

蘇羅の存在や、鴬地の言うことなど——慣れないこともたくさんあるけれど。

（俺、もとの世界に戻れるのかな。向こうでは俺、どうなってるんだろう）

蘇羅に会ったとき、あちらの世界への帰りかたも訊けばよかった。滑落事故で行方不明。せいぜいそんなところだろうが、葬式でも出されていてはせつないところだ。

（……戻ったら、どうなるんだろう。今までどうやって過ごしてきたかとか、訊かれても答えられないよ）

昼間は子供たちの面倒を見るのに忙しく、このようなことは考えない。考えている暇がない。しかし夜——こんな満月の下ではついつい埒《らち》もない考えに浸ってしまうのだ。

（そもそも、帰れるかどうか、謎なわけだし）

ふぅ、と蓮はため息をついた。そして空を見あげる。満天の星を見つめ、またため息をつく。

「ずいぶん大きなため息だな」

「……黒緋さん」

東屋に入ってきたのは、黒緋だった。子供用の小さな建てものは、大人ふたりが入るとそれでもういっぱいになってしまう。

「なんだ、里恋しくなったか？」

「黒緋さん、超能力者ですか」

ははは、と黒緋は笑った。蓮の隣に座り、一緒に夜空を見あげる。

「蘇羅さまに会うことができたのなら」

空を見あげたまま、黒緋は言った。

「いろいろと教えてもらったようだから……お気に召したのかもしれない。そうすれば、そのうちおまえのもとの世界に戻る方法も教えていただけるかもしれない」

「えっ、そうなんですか」

「もちろんだ。蘇羅さまならきっと、その方法を知っていらっしゃる」

黒緋は、逞《たくま》しい腕を伸ばしてきた。蓮の肩を抱き寄せる。腕は頼りがいがありそうにしっかりとしていて、蓮に安堵を感じさせてくれる。

「……あ」

「どうした」

蓮の目が、じわりと潤んだ。涙が一滴、ぽろりとこぼれ落ちた。

「蓮」

「すすす、すみません！」

蓮は慌てて、目を擦《こす》った。

「なんでだろう、いきなりこんな……」

「心細かったのだな」

黒緋は、なにもかもを見抜いているのだろうか。そのようなことを言って、腕に力を込めた。ぎゅっと抱き寄せられて、蓮はどぎまぎしてしまう。

「穴から落ちて、知らない場所に行って……おまえは、心細かったんだ。こちらに来たばかりのときと、同じだ」

「そう、なんでしょうか」

彼の胸で思いきり泣いたときのことを思い出しながら、やや震える声で、蓮は言った。

「確かに……あのときは、常磐が泣き出さないか必死で、自分がどう感じているかなんて、考えもしなかった」

黒緋は、蓮をぎゅっと抱きしめてくれる。心臓が大きく高鳴った。同時に蓮は、実感する。

（俺……この人のところに、戻ってきたかったんだ）

それがどういう意味での思いなのかなんて、わからない。しかし帰ってきて黒緋の顔を見たときの安堵感、涙がこぼれるほどでないにしても泣きそうになった思い、それは彼に再び会えて嬉しいという、そんな心からではなかったのだろうか。

　そんな蓮を宥《なだ》めるように、黒緋は言葉を続けた。

「心細くて、あたりまえだ。なにしろここは、おまえの馴染みのない世界……そこで気丈に乳母代わりをやって、立派に身を立てている。私はおまえを、尊敬している」

「そ、尊敬なんて！」

　あわあわ、と蓮は慌ててしまう。

「そんな、俺は俺にできることをやっているだけですし……子供たちは、かわいいし」

「それは否定しないがな」

　くすくすと、黒緋は笑った。

「しかし、きかん坊ばかりだ。面倒だと思うこともあるのではないか？」

「そんなこと！」

　驚いて、蓮は声をあげた。

「確かに、言うこと聞いてくれないことも多々ありますけど。でも、そこを含めてかわいいです」

「そう言ってくれると、私も救われるがな」

　ふっと黒緋は、息をついた。

「なにしろ、子供のことはおまえに任せっぱなしだ。私もこう見えて、いろいろ忙しい身でな」

「それは、よくわかっています」

「黒金の指輪があれば、根まわしやなんやと、よけいな面倒もなくて済むのだが」

「……指輪」

蘇羅の謎めいた言葉を思い出す。蓮は、黒緋の顔を見た。黒緋は「なんだ」という表情をしている。

「やっぱり指輪、必要なんですね」

「もちろんだ。あれがこの先も見つからないとなると、私は王位を追われるだろうな」

「そんな……」

「王でなくなれば、おまえと、子供たちと一緒に暮らす。それも悪くないが」

「……そうなれば、鴬地さんが王になるのでしょう？」

「そうだな。やつは野心家だ。みすみす王座を渡すわけにはいかない」

執拗《しつよう》に黒金の指輪を欲しがっていた鴬地のことを思い出す。政治向きのことはまったくわからないけれど、鴬地に王位を渡すのはまずいように思う。

「しかし私には、異雲人の花嫁がいる」

力を得たようにそう言って、黒緋は蓮を抱き寄せた。彼の腕の中で、蓮はどきりと大きく胸を跳ねさせる。

「おまえが、婚姻を了承してくれたら……私は、ますます精力的に働けるのだがな」

「それって、脅しです」

どぎまぎする胸を抑えながら、蓮はできるだけ冷静にそう言った。

「もとの世界への帰りかたを示唆したり、花嫁になれって言ったり。黒緋さんの考えていること……、わかりません」

「ああ、すまない」

小さく笑いながら、黒緋は言った。

「おまえを惑わせるつもりはない……しかしおまえのことを考えてやりたいのも、花嫁になってほしいのも、どちらも私の偽らざる思いだ」

「花嫁になってほしいのは、俺が……条件を満たしてるからなんでしょう？」

そう言うと、自分の言葉にがっかりした。そう、蓮は黒の月、緋の日に現れた異雲人。同じ条件であるならば、誰だって構わないのだ。

「だったら、誰だっていいじゃないですか。黒の月や緋の日はまた来るんだから、その日に異雲人を待てばいい……」

ない」

「私は、言っていなかったか」

驚いたように、黒緋は声を立てた。

「確かにおまえは、条件を満たしている。しかし私は、だからおまえを娶《めと》りたいわけではない」

「そうしたら……どうして」

「おまえの世界では、違うのか？」

今度の彼の口調は、不思議そうだ。

「こちらでは、婚姻は好いた者同士でおこなう。もちろん、政略結婚や見合い結婚も存在するけれど、それでも最低限、相手を気に入ることが条件だ」

「……気に入る？」

どきん、と大きく胸が鳴った。あの夜、夜陰に紛れてやってきた黒緋に、キスされたことを思い出したのだ。黒緋はそれ以上なにかを言いたげだった——それがなにかはわからないけれど、好きでもない相手にそのようなことはしないだろう。

「あの、ええと……その」

蓮は、口ごもった。

「黒緋さんは、俺のこと……好きなんですか」

「もちろんだ」

なにを言うのか、というように黒緋は目を剝《む》いた。

「今までに、言ったことはなかったか？」

「本気に、してませんでした」

黒緋は、天を見あげた。まずい、とでもいうような仕草だ。

「本気で言ったつもりになっていた。おまえはとうに、私の気持ちを知っているものだと」

「知りません……」

どき、どき、と跳ねる心臓の鼓動が大きくなる。蓮はまばたきも忘れて黒緋を見て、そんな蓮を、黒緋はまっすぐに見やった。

ふわりと吹いた風に、彼の銀の被毛が揺れる。青い瞳が、蓮を見つめている。じっと見られることが恥ずかしくて視線を背けると、顎に手をすべらされた。つかまえられて、くちづけられる。

「ん、ん……っ……」

「……ふっ」

キスは、長く続いた。厚く長い舌が入ってきて驚く。それに口腔《こうこう》をぐるりとかきまわされ、ざらざらとした舌の表面が刺激的だ。あの夜以上に、蓮は緊張した。

彼の牙《きば》が、唇に触れる。きゅっと軽く咬《か》まれて、ぞくぞくした。獣頭の彼の口は大きくて、口全体を包み込まれてしまうような感覚がある。彼に支配される――過《よ》ぎった思いに、蓮はぞくりと身を震わせた。

「あ、あ……、の……」

「なんだ」

唇を合わせたまま、唸るように黒緋が言った。

「こ、んなの……恥ずかしい、です」

「そういうことは、もう言わせぬ」

さらにくちづけを深くして、蓮の上顎を音を立てて舐《な》めあげながら、黒緋は言った。

「今まで、伝えていなくて悪かった。てっきりおまえは、知っているものだと」

「も、う……、わかりましたから。わかったから、離れて……!」

「いいや、離れない」

また心臓が高鳴るようなことを、黒緋は言った。

「おまえが、私の気持ちを受け止めるまで……離れない」

「受け止めました、から」

呼気を塞《ふさ》がれて、喘《あえ》ぎ喘ぎ蓮は言う。

「だから……、こんな、の。恥ずかしい……」

「恥ずかしいということは、おまえも私を悪《あ》しからず思っているということだな」

どこからそういう考えになるのか、蓮の驚くことを黒緋は言う。

「そうでなければ、嫌悪を感じるばかりだろう？　恥ずかしいというのは、前向きな感覚だ」

「そ、そうかも……しれません、けれど」

蓮は懸命に、黒緋を押しのけようとした。しかし蓮の何倍も筋肉のついている大きな体だ。逃げられるはずもなく、蓮は黒緋に抱きしめられて、そのくちづけを受けている。

「は、なして……」

「我が愛する者は、素直でない」

くつくつと笑いながらそう言って、やっと黒緋はくちづけをほどいてくれた。蓮は大きく息を吸う。そんな彼に、黒緋はまた笑った。

「おまえには、くちづけから慣れさせなければならんな」

ちゅっ、と触れ合うだけのキスを落として、彼は言う。

「閨《ねや》に引き込むのは、それからで勘弁してやろう」

「ね、闇？」

震える声で、蓮は尋ねる。知らないのか、という顔を黒緋は見せた。

「床をともにすることだ」

「いや、それはわかってますけど……」

それよりもなによりも、蓮には大きな疑問があった。

「俺……、男ですよ？」

「男だろうとなんだろうと、私はおまえを愛しているのだ。関係などない」

「で、でも！」

くちづけはほどかれたけれど、抱きしめてくる腕の力は緩まない。まるでこうしている時間を大切にしたいとでもいわんばかりに、柔らかい毛の生えた頰《ほお》を、すりすりと寄せてくる。

「く、すぐった……」

「感度もいいようだな。閨の中のおまえが、楽しみだ」

「そんな、もの……楽しみにしないでください」

蓮は戸惑うばかりだけれど、それでもこうされているのはいやではないのだ。男同士でセックスなど、どうするのか——朧気《おぼろげ》な知識がないわけではないが、我が身に降りかかることとは思わなかったので、具体的に考えたこともなかったのだ。

「それにはまだ、時間がかかろうが」

そんな黒緋の言葉に、はっとした。それは黒金の指輪のことだろうか。それが見つかり、正式な王になってから蓮を娶る――そう考えているのだろう。

「しかし私は、おまえを離さない。ああ、もとの世界に帰してやりたいと思っていたことは、帳消しだ。帰したくない。おまえは一生、私のそばにいるのだ」

「黒緋さん……」

抱きしめられて、その熱い呼気を耳もとで感じて。合わさったふたりの胸は、互いの鼓動の速さを伝えてきていて、緊張しているのは自分だけではないと蓮に知らしめた。

「蓮」

甘い声で、黒緋は呼びかけてきた。

「愛している。おまえ以外には、なにもいらない……」

「く、ろひ……さ、ん……」

蓮の声は掠《かす》れて、情熱的な黒緋の抱擁の中に、溶け込んでしまう。

第五章　指輪の在処

　朝起きて、侍女の用意した盥《たらい》で顔を洗って、食堂に向かう。そのときには毎朝違う美味《おい》しそうな食事が皿に盛られている。子供たちも三々五々集まってきて、「いただきます」と食事がはじまる。

「今日は、なにして遊ぼうか」

「かくれんぼ！」

　声をあげたのは、千歳だった。匙を持った手をぴっとあげて、その様子からどうやら昨日から考えていたようだ。

「かくれんぼ……」

　しかし、泣きそうな声でそう言ったのは山桃だった。今にも涙が浮かびそうな大きな目を、常磐に向けている。

「常磐が、みつからなくなったらどうしよう」

「そんなことないわよ！　あなにはいらなかったらいいんだから！」

「でも、でも」

山桃は、いつもの落ち着いた態度とは裏腹に、めそめそしている。しかし彼女の気持ちもわかるので、蓮はうなずいた。

「そうだな、山桃の言うとおりだ。かくれんぼはやめておこう」

「えー、じゃあ、なにするの？」

「そうだなぁ……」

トウキとクコの入った鶏のスープを啜りながら、蓮は考えた。

「……なにがいいかな」

そこに、侍女が声をかけてきた。なんとなく、いやな予感がした。それは子供たちも一緒だったらしく、皆が揃《そろ》って眉をひそめた。

「鴬地さまが、おいでです」

「ええ、鴬地ぃ？」

あからさまにいやな顔をしたのは、裏葉だ。

「あとにして。ごはんたべてるんだから」

「ですが、もういらっしゃってて」

「よぉ……餓鬼ども」

侍女がすべてを言い終わらないうちに、鴬地が現れた。色とりどりの飾りとともに白の上衣に革のズボンを穿《は》いて、腕を組んで子供たちと蓮を見つめている。

「がきじゃないもん！」

「なにしにきたんだよ！」

朝食の場は、一気に大騒ぎになった。ここまで嫌われていると、いっそ気の毒といったところである。

「どうしたんですか、鴬地さん」

蓮もできるだけ平静な声でそう言ったつもりだったけれど、どこか刺々《とげとげ》しくなってしまう。

「蓮まで、そんなに嫌わずともよいだろう」

どこか拗ねたようなもの言いで、鴬地は言った。

「まぁ、嫌われようがなんだろうが、俺は構わないが」

鴬地は食堂に一歩入ってきて、じっと蓮を見つめた。蓮は思わず、たじろいでしまう。

「それよりも、黒金の指輪だ」

どきり、と蓮の胸が跳ねる。

「手に入ったのか？　兄上は、お持ちだっただろう？」

「……いいえ」

掠れた声で、蓮は答えた。

「お持ちでは、いらっしゃいませんでした」

「なに？」

鴬地は、意外なことを聞いたとでもいうように眉を持ちあげた。

「なにを言う。兄上は、確かに持っていらっしゃる！　持っているうえで、お隠しになっているのだ！」

「もってるわけ、ないよ」

常磐が、冷静な声でそう言った。

「もってたら、どうしてみんなにみせないの？　だまってるのなんか、おかしいよ？」

「そこは兄上の、計略なのだ」

はっきりと断定して、鴬地は常磐を睨《にら》んだ。常磐は肩をすくめる。

「その意図は、俺にはわからぬ。俺に見つからないようにと、隠しておいでなのかもしれないな」

「黒緋さまは、鴬地なんかどうでもいいとおもうけど」

山桃が澄ました口調でそう言って、鴬地に睨まれた。面倒くさがりもせずに子供たちと対等に言葉を交わしているあたり、鴬地も悪い人間ではないと思うのだが——なにしろ、黒金の指輪にこだわりすぎだ。

「鴬地さん」

蓮は、冷ややかな口調で鴬地を呼んだ。

「もう、子供たちを巻き込むの、やめてください」

「なにを言うか」

心外だ、というように鴬地が言った。

「巻き込んでなどいない。こいつらが、まわりをちょろちょろしているだけだ」

「いたい、いたい！　ひっぱらないで！」

鴬地に髪を引っ張られ、千歳は大きな声をあげた。

「それでも、こんな子供を警戒するとか、あり得ません。相手を見るべきでしょう？」

「いくら幼子といえども、油断はならん」

鴬地の過去には、いったいなにがあったのだろうか。頑《かたく》なな彼にため息をついて、蓮は改めて鴬地に向き合った。

「とにかく、子供たちにちょっかいをかけるようなことは、やめてください。あんまりひどいことをするようなら……」

「ああ、わかったわかった」

面倒そうに、鴬地が手を振った。

「それでは、おまえが兄上の懐に飛び込んで、黒金の指輪を手に入れるのだな？」

「……え？」

蓮は、驚いて目を見開いた。

「ふ、懐に……？」

彼の言う意味がわからなくて、蓮は目をしばたたかせる。

「って、どういう意味ですか……」

「おまえが犠牲になれ、ということだ」

にやり、と鴬地は、意地の悪い笑みを浮かべた。

「子供たちに累が及ぶのは、好まないのだろう？　それならば、おまえが体を張って黒金の指輪を手に入れるのだ」

「……それは」

要は、子供たちを人質に取られたということか。蓮が指輪を手に入れて鴬地に渡さないと、子供たちになにをするかわからない、ということか。

「黒緋さまは、鴬地になんかゆびわ、わたしたりしないもん！」

きんきん声で、千歳が言う。裏葉も、山桃も常磐も続き、食堂は蜂《はち》の巣をつついたような騒ぎになった。

「ああ、うるさいっ！」

鴬地が、盛大に顔を歪めて叫ぶ。

「これだから、餓鬼はいやなんだ……」

「がきじゃないもん！」

「ちがうもん！」

騒ぎはますます大きくなり、蓮は懸命に、子供たちを宥めた。

「でも、鴬地さん」

不思議に思って、蓮は尋ねた。

「どうして俺なんですか？　黒緋さんのそばには、たくさん人がいる……その中で俺を選ぶのは、どうしてですか？」

「兄上に、伺った」

吐き捨てるように、鴬地は言った。

「蘇羅さまは、兄上がもっとも望むもの、近くにあるそれが指輪の在処を示す……要は兄上のもっとも望む者が、指輪を持っているとおっしゃった。そういうことらしいな」

どきり、と蓮の心臓が音を立てた。

「となれば、兄上の花嫁……おまえのことに、相違なかろうが」

「俺、指輪なんか持ってません！」

「だから探せ、と言っている」

苛立ったように、鴬地が言った。

「おまえが探すのだ。兄上を除けば、おまえが一番、指輪に近い」

「……その指輪を手に入れて、鴬地さんが王になるのですか」

「当然だ」

ふん、と鴬地は鼻で笑った。

「兄上では、力不足だ。俺こそが、王位にふさわしい」

誰が真実、王にふさわしいのかなどということは、蓮にはわからない。それでも鴬地のために働いてやるつもりなどない。しかし黒金の指輪がなくては黒緋の立場が危ういのは確かだし、そのために動くのなら、蓮とて不本意ではない。

「……わかりました」

鴬地のためではなく、黒緋のために蓮はうなずいた。

「どうしたらいいのかなんてわからないけれど。精いっぱい、やります」

「おまえの努力など、どうでもいい」

蓮をばかにしたように、鴬地は言った。

「俺が求めているのは、結果だ。指輪を持ってこい。それだけだ」

そう言い捨てて、鴬地はくるりとこちらに背を向けた。さっさと立ち去ってしまう彼の後ろ姿を見ながら、蓮はふうと息をつく。

「いいの？　鴬地に、あんなこといっちゃって」

「仕方ないだろう？　黒金の指輪が必要なのは、どのみち当然のことだし」

またため息をつきながら、蓮は言った。

「指輪がないと、黒緋さんも困るだろう？　別に、鴬地さんのためじゃない。黒緋さんのために、俺はやるんだ」

「わぁ、蓮、かっこいい！」

心底感心したように、裏葉が言った。常磐はこの騒ぎの中、食事の途中だというのにこてんと寝てしまっている。

「常磐、おきて。ごはん冷めちゃうよ？」

「いいよ、おれが常磐のぶんまでたべるから！」

裏葉の声が聞こえたのか、常磐はむっくりと起きあがった。そして目を半分瞑《つぶ》ったまま、匙を持って皿をかきまわしはじめる。

「ほら、常磐、ちゃんと起きて。目を開けて、お行儀よく食べてよ」

常磐は半眼のまま「うるさいなぁ」とでも言いたげに蓮を見やる。

「どこまで大物なんだよ、おまえ……」

蓮は呆れて笑い、子供たちもつられて、食卓は温かい笑いに包まれた。

□

黒緋はいつもながら、二、三日おきに子供の館にやってくる。

その日も、庭園で蓮考案の縄跳びをやっているところに、彼は現れた。

「あ、黒緋さま！」

「黒緋さまー」

子供たちは縄跳びを放り出して、黒緋にじゃれつく。黒緋も、その立派な体で子供の二、三人抱えることは問題ないので、いつも子供たちのリクエストに応《こた》えてやっているのだ。

「お疲れさまです」

蓮は、そう言いながら黒緋に近づいた。軽く頭を下げると、黒緋は不服そうな顔をした。

「おまえ、いつまで経ってもよそよそしいな」

「そうは言われましても……」

きゃっきゃと黒緋の体によじ登っている子供たちを見ながら、蓮は言った。

「俺も、黒緋さまに抱っこしてほしい、とか……そういうこと言ったら、いいんですか？」

「蓮も、だっこする？」

黒緋の腕にぶら下がっていた裏葉が、嬉しそうな顔でそう言った。

「黒緋さまのだっこは、きもちいいよぉ？　高くって、ぶんぶんってしてくれるし、さいこー！」

「いや、俺は……」

「遠慮するな、私が抱っこしてやろう」

「え、え」

戸惑う蓮の前、黒緋は子供たちを下ろした。子供たちはぶぅぶぅ文句を言っていたが、黒緋が蓮に手を差し伸べると、ぴたりと文句が消えた。

「わぁ、黒緋さま、蓮をだっこするの？」

「はなよめのだっこね！　すてきだわ！」

山桃がうっとりとした声をあげる。蓮はいかにこの場から逃げようかと画策したけれど、その前に黒緋の強い腕に抱きかかえられてしまった。

「きゃあー」

山桃が、驚いた声を出す。蓮は黒緋の腕の中、姫抱きにされていて、見あげる黒緋は慈悲深い顔をして蓮を見下ろしている。

「祝言のときは、こうやって花嫁を連れるのだぞ」

「やっ、やっ、やめてください！　離して……」

「ね、黒緋さまのだっこは、きもちいいでしょう？」

わけがわかっているのかいないのか、裏葉が呑気にそう言った。しかし蓮はそれどころではない。

「もっとだっこしてもらうといいよ。蓮は、はなよめだもんね！」

「だから、違うって……」

黒緋の腕の中で、がっくりと頭を垂れるしかない。そんな蓮を見て黒緋はくすくすと笑い、彼を抱え直した。

「ほら、おまえも協力しろ。子供のように軽くはないのだからな」

「きょ、協力って？」

「私の首にしがみつけ。落ちないようにな」

ということは、黒緋と相当接近しなくてはならない。蓮はどぎまぎとしながらそっと彼の首に腕をまわし、ぐいと力を入れた。

「ああ、それでいい」

「蓮、ほんもののはなよめみたい！」

「黒緋さまのはなよめだね！」

子供たちがはしゃぐ。蓮はといえば羞恥《しゅうち》で消えてしまいそうなのに、黒緋は蓮を抱いたまま、どさりとその場に腰を下ろしたのだ。

「わ、っ！」

「祝言のための、練習だ」

蓮に言い聞かせるように、黒緋は言った。

「今のうちに、慣れておいたほうがいいぞ。お披露目の席で落ちたりしたら、末代まで笑われる」

「でも俺、花嫁なんかじゃ……」

口ごもる蓮に、黒緋がキスをする。蓮は、目を白黒させた。

「おまえは、私の花嫁だ。私がそう確信している。私の判断に、文句があるのか？」

「……いえ」

黒緋はもう一度キスをして、そのキスは、さすがに舌は入ってこなかったけれど、息ができなくなるくらいに深くて長かった。まわりでは子供たちが、やんややんやと囃《はや》し立てている。

「きゃー、ちゅーしてる！」

「らぶらぶだね！」

千歳だけはどこか気に入らないという顔をしているものの、だからといってふたりの邪魔をしようという気はないらしい。

「この程度では、済まないぞ」

蓮に言ったものか、子供たちに言ったものか、黒緋は唇の端を持ちあげて言う。

「私たちは、もっと深い仲になる。花嫁とは、そういうことだ」

「ふふふ、深い仲とか、子供の前でやめてください……」

「しかし、隠しておくことでもないだろう。花婿と花嫁がなにをするものかは、いずれ知る」

「いっぱい、ちゅーするんだよね！」

裏葉がはしゃいでそう言うのに、耳の先までが赤くなってしまう。

「いや、だから……離して。恥ずかしい、です……」

「わがままだな」

呆れたように黒緋は笑い、蓮を離してくれた。そのことにほっとする。慌てて黒緋と、さりげない距離を取った。

「蓮は、さ」

常磐が、どこか眠そうな調子で言った。

「蓮は、黒緋さまがきらいなの？」

「え？」

思いもしなかったことを言われて、驚いた。蓮は常磐を見、黒緋を見、黒緋の青い瞳と目が合って、どきりとする。

「嫌い、じゃない。……あたりまえじゃないか」

「でも、だっこされてもうれしそうじゃなかったね。どうして？」

「恥ずかしいんだよ！　普通は、大人が大人を抱っこしないものなの！」

「でも蓮は、黒緋さまのはなよめなんでしょう？」

「花嫁でもなんでも、人前で抱っこはしない！」

蓮がムキになって声をあげると、黒緋が笑った。

「こらこら、そう蓮をいじめるものではない」

黒緋に庇ってもらってほっとしたけれど、しかしそもそも、蓮を抱きあげたのは黒緋なのだ。加害者は彼だと言っていいだろう。

「意地悪な黒緋さんは、嫌いです」

「おや、嫌いだと言われたぞ」

「はなよめなのに、きらいとかいっちゃいけないんだー」

「どんな理屈だ、それは」

羞恥と苛立たしさで、蓮はふいとそっぽを向いてしまう。黒緋がにやにやしながら蓮を見ているのがわかるから、よけいに恥ずかしさがつのる。

「蓮は、はなよめだから、黒金のゆびわをさがすのよね？」

話がつながっているようないないような、突然の頓狂《とんきょう》な声をあげたのは山桃だった。

「黒緋さまのはなよめだからなんでしょう？　ないじょのこう、ってやつよね」

「山桃、なんでそんな言葉を知ってるんだ……」

しかし顔をしかめ、蓮を見たのは黒緋だった。

「おまえ、黒金の指輪を探しているのか？」

「だ、って……」

うつむいて、蓮は呟いた。

「それがないと、黒緋さんが王として認められないって……」

「私は、もう充分王として、責務を果たしている」

どこか不機嫌に、黒緋は言った。

「確かに、認めない者もいる。しかしその者たちを説得するのも私の役割だ。認めない者がいるのは指輪のせいではない、私の働きが足りないからだ」

「でも……！」

少なくとも鷲地が黒緋を認めていないのは、指輪のせいだ。そのことがよくわかっている蓮は、黒緋の言うことに素直にうなずけない。

「おまえは、そのようなことに頭を悩ませるな」

黒緋の、大きな手が伸びてきた。がしがしと髪をかき乱され、蓮は「わわわ」と声をあげた。

「おまえの役割は、子供たちの面倒を見ることだ。この子たちを立派に育てること……それはおまえにとって、充分な仕事ではないのか？」

「そういうわけじゃありません！」

　蓮は、慌てて言った。

「充分です！　というか、もてあましています！　これ以上個性的な子が増えたら、相手しきれない……」

　ははは、と黒緋は笑った。「こせいてきなこってなに？」裏葉が黒緋に尋ねている。

「では、よけいなことを考えずに責務に打ち込むのだな。そしておまえは、いずれ私の花嫁になる。なれば、ますます忙しいぞ？　よけいなことなど考えてはいられなくなる」

「いや、だから……」

「花嫁になるのは、いやか」

　黒緋の声がどこかさみしげで、蓮はぎょっとした。黒緋を見ると、少し首を傾げて聞こえるか聞こえないかというほどの小さなため息をこぼしている。

「私は、おまえ以外を花嫁だと考えたことはなかったが」

「いや、とか……あの、そういうのはなしで」

　慌てて蓮は口早に言った。

「だって、俺。もとの世界に帰るんです」

　そのための方法も知らないくせに、蓮は焦燥とともに断言した。

「いつまでも、ここにいるつもりはないんです。だから……だから」

「えー、蓮。かえっちゃうの？」

「ずっといっしょにいようよ」

「いっしょに、あそんで？」

てんでの声に蓮は困って首を傾げ、そして黒緋と目が合った。

「そうか、蓮は帰るつもりか……」

彼の言葉は聞こえるか聞こえないかというほどに小さなものだったけれど、蓮にははっきりと聞こえた。そして奇妙な罪悪感とともに、蓮の心に残ったのだ。


子供たちが四人とも眠って、ふぅと息をついた蓮は立ちあがった。

寝室を出て、すれ違った侍女に声をかける。彼女は軽く膝《ひざ》を折って、恭しい態度で蓮の言葉を聞いた。

「黒緋さんに、会いたいんだけど……」

「伺ってまいります。蓮さまは、お部屋でお待ちください」

部屋の窓から夜空を見あげていると、ややあって違う侍女が呼びに来た。

「陛下は、執務室でお目にかかるとのことです」

そう言って、侍女は蓮を先導してくれる。黒緋に会いたいだけでこんな大袈裟《おおげさ》なことになるのは面倒だと思うけれど、なにせ相手は『陛下』なのだ、仕方がない。

執務室に案内されると、黒緋が窓際の、柔らかそうな椅子《いす》に座っていた。執務室にいるとはいえ、仕事中ではないらしい。

「どうした、蓮」

「おまえからやってくるとは、珍しいな」

「昼間のこと……」

蓮は、皮を鞣《なめ》したズボンの膝あたりを摑みながら、小さな声で言った。

「黒緋さんに、悪いこと言ったかな、と思って」

「悪いこと？」

隣の椅子に腰かけるように声をかけられた。蓮はうなずき、勧められた椅子に座る。ふわり、と柔らかい敷きものが腰を包んでくれた。

「もとの世界に帰りたい、とか」

「それは、当然の気持ちだろう？」

不思議そうに黒緋は言った。子供の館にいる者とは違う衣装をまとった侍女が入ってきて、ふたりの間にある小さなテーブルにふたつの木のカップを置いた。さらり、とアルコールの香りが漂ってくる。

「私がおまえでも、同じように思うだろう。故郷は恋しくて当然だ」

「でもそのとき、黒緋さんは悲しそうな顔をしました」

「そうだったか？」

黒緋は、柔らかそうな毛の顎を撫でた。とぼけたような態度に、蓮は少し唇を尖らせた。

「俺を、からかってるんですか？」

「いやいや、すまない。おまえを前にしていると、子供たちを連想してしまってな」

「子供たちと一緒にしないでください……」

蓮は、がっくりと肩を落とした。黒緋が、楽しそうに笑う。

「ほら、このとおり私は朗らかだ」

笑いながら、黒緋は言った。そしてその青い瞳で、じっと蓮を覗《のぞ》き込む。

「それよりもおまえのほうが、悩みのあるような顔をしているな」

「え……」

蓮は思わず、自分の頬に手を置いた。そんな蓮に、黒緋はうなずきかける。

「なにか言いたいことがあって、来たのだろう？　それは、おまえがもとの世界に戻りたいか、それとも戻りたくないか――それに関係しているのではないか？」

どきり、と蓮の胸が大きく鳴った。そんな彼の心を読んだように、黒緋は目をすがめた。

「……なにか、あるのだな」

「帰りたくないとか、言いません。家族も友達も……職場の子供たちも、みんな。早くまた会いたいです」

「ふん、職場の子供たち、と言ったな」

黒緋は鋭く蓮の言葉をついてきた。また蓮の胸が、どきりと跳ねる。

「職場には、ほかにもいろいろ人がいるだろう？　その者たちのことをあえて言わなかったのは、その者たちとなにか確執があるのだろう？」

「……黒緋さん、鋭すぎです」

ため息とともに、蓮は言った。

「保育園ってところは、女社会で」

もうひとつ息をつきながら、蓮は言った。

「職員に男は、俺しかいません。もちろんみんな、いい人はいい人なんですけど……そうじゃない人も、いて」

「私も、配下の者がすべて信頼できるとは限らない。頼りになる者も、ならぬ者もいる」

「そんな感じですか」

蓮は黒緋に、薄く微笑みかけた。

「もちろん、いろんな人がいるのはあたりまえだし、みんなそれを我慢してるんだ。お互いさまだっていうのはわかってるんですけど……」

黒緋は、その青の瞳でじっと蓮を見つめている。

「その人のことを思うと、仕事行きたくないなぁ、って。こっちに来て、子供の館で子供たちの面倒見て……あそこにいると、ますます帰りたくないな、って思ってしまって」

「そんな自分に、罪悪感を持っているということか？」

彼の前で、何度どきりとさせられてしまうのだろう。蓮はごくりと、唾を呑んだ。

「罪悪感……？」

昼間、蓮が「帰る」と言ったとき、黒緋が残念そうな声を立てた。そのとき感じたものが罪悪感だと思っていたのだけれど、実のところは違ったのだろうか？　蓮の心にあったのは「帰りたくない」という気持ちを後ろめたく思う感覚だったのだろうか？

「おまえは、今、そういう顔をしている」

黒緋は手を伸ばしてきた。そっと顎を摑まれて、軽くくちづけられた。それから逃げることができなくて、蓮は思わず目を見開いたまま、キスされていた。

「環境に対する不満は……仕方がない。おまえにはどうしようもないことだ。そんなに、疚《やま》しい顔をしなくていい」

「でも、そんなの……わがままじゃないですか」

むずかる子供のように、蓮は言った。

「子供ならともかく、大人なのに。人付き合いに不満があるなんて」

「わがままといえば、そうかもしれない」

黒緋は、考え込む様子を見せた。

「しかしおまえは、今ここにいる」

彼の言葉の意味がわからなくて、蓮はきょとんとした。そんな彼の顎に触れながら、黒緋はなおも薄く笑う。

「おまえの人生は、今ここにある。この雪豹国にいる以上、ここでの生活のことだけを考えればいい」

「もとの世界のことは、今は考えなくてもいい、って……？」

そういうことだ、と黒緋はうなずいた。

「そんな心配は、もとの世界に帰ってからすればいい。今のおまえは、今ここでのことを考えろ」

そして黒緋は両手を伸ばし、蓮を抱きしめた。逞しい腕の中で、心が緩んで溶けていくのが感じられる。

「おまえは、私が守ってやる」

蓮の耳もとで、黒緋はそうささやいた。

「ここには、おまえを傷つける者はいない。私も、子供たちも……鴬地も、おまえのことが好きだ」

「鴬地さんも？」

思わず蓮は笑ってしまい、黒緋もそれに倣った。

「おまえが来てから、あいつもどこか朗らかになった。どういうわけかはわからんが、おまえの存在が影響している」

「どういうことだか……」

「さぁな」

しかしあの鴬地でさえも変わったというのは、蓮にとっては悪い話ではなかった。子供や蓮をしきりにからかう問題の人物ではあるが、あれでもまだましなのかもしれない。

「なによりも、私がおまえを好きだ」

いつもの、花嫁だなんだと言うときとは違う声音で、黒緋は言った。

「おまえが来てくれて嬉しい。おまえがいなければ、さみしいと思う」

「黒緋さん……」

彼はまたちゅっと蓮にキスをして、そしてゆったりと微笑みかける。

「それでは、不足か……？」

「いいえ」

蓮が首を振ると、黒緋は満足そうに口角を持ちあげて、そして蓮から離れた。ほっとすると同時に、彼との距離をさみしく感じてしまう。

しかし蓮の心は、満たされていた。もとの世界でどうあろうとも、この世界に蓮の居場所はある。受け入れてくれる人がいる。そして蓮も、この世界での生活をいやだとは思っていないのだから。

「飲め。まだ手をつけていないだろう」

黒緋は、アルコールの入ったカップを指さした。蓮はうなずき、それを手に取る。

「……濃……！」

蓮が眉をひそめると、黒緋は笑った。彼はカップの中身を一気に干した。しかし顔色ひとつ変えていない。

「前から思ってましたけど」

そんな彼の様子を、感心しながら蓮は見た。

「黒緋さん、お酒強いんですね……」

「この程度、強いうちに入らん」

「でも、こんなの飲めるの、すごいです」

蓮は下戸ではないが、それほど強くもない。そのことを「男のくせに」とからかわれたことを思い出し、自然に眉根に皺が寄ってしまった。

「こら、またよけいなことを考えているな」

黒緋に軽く睨まれて、蓮は肩をすくめた。ここは、異世界なのだ。今まで蓮を煩わせてきたものは、今はどこか違うところにあるのだ。

「これが口に合わなければ、ほかのものを持ってこさせよう。おまえが酔ったところを、私も見たい」

「なにを言ってるんですか……」

蓮は笑いながら、黒緋は今夜も「花嫁」という言葉は出さなかった、と思い返した。

□

鴬地には黒金の指輪を探すと言ったものの、どこにあるのか見当がつくわけではない。

指輪なのだから、手のひらに乗るくらいの小さなものだろう。誰かが箱の中にでも入れて隠していれば、また地下にでも投げ捨てられていれば、見つけようもないのだ。

「そんな大事なものなんだから、なんかファンタジーな力はないのかなぁ」

「ふぁんたじー？」

今日は雨が降っている。子供たちは館の中で遊ぶしかなく、いささかフラストレーションがたまっているようだ。

「指輪のことだよ」

「ゆびわかぁ」

裏葉が、子供らしくもないため息をついた。

「どこにあるのか、裏葉、知らない？」

「しらなーい」

あたりまえだけれど、いささか冷たく裏葉に言われ、蓮は少し落ち込んだ。

「そんなだれでもしってたら、こんなだいもんだいにはならないわ」

山桃がクールに言い放つ。彼女の手もとには四角に切った紙があって、蓮が教えた鶴を折っているのだった。

「どこかにかくされていたり、おちていたり……そういうのじゃないのよ。おもいもかけないところにあるんだわ」

「思いもかけないところって？」

蓮の問いに、山桃はじっと彼を見た。その、奇妙に大人びた目に見つめられると、おかしな具合にどぎまぎしてしまう。

「そんなの、しらないわ」

山桃も、どこか冷たい。千歳は目を合わせてくれないし、常磐はいつもどおり眠っている。

「なぁ……」

雨のせいばかりではあるまい。広間にはなんとなく、どんよりとした空気が漂っている。

蓮は顔をしかめて、思わず声をあげた。

「なんなんだよ、みんな！」

声に驚いたのか、常磐以外の皆が蓮を見た。

「なんでそんなに暗いんだよ？　雨だから？　なんかみんな、冷たいじゃないか！」

「だって……ねぇ？」

三人は目を見合わせた。そこに常磐も起きてきて、何度も目をしばたたかせている。

「なんだよ？」

「蓮が、もとのせかいにかえるっていうから」

裏葉の言葉に、はっとした。確かに自分はそういうことを言った。しかしそれは売り言葉に買い言葉のようなもので、実際には帰る方法も見つかってはいないのだ。

「そ、そんなの……本気じゃないってわかるだろう？」

「じゃあ、うそ？」

鋭く山桃が訊いてきた。蓮は、うっと言葉に詰まる。

「嘘《うそ》というか……帰る方法なんて、わかってないんだから」

「ゆびわみたいに、さがすんじゃないの？」

なおも山桃は責める言葉をやめない。蓮はまた「うっ」と奇妙な呻き声をあげてしまった。

「さがして、わたしたちをおいてかえっちゃうんでしょう？」

「蓮、かえっちゃうんだ」

裏葉も同調してきて、蓮はますます困惑してしまった。

「いいよ、べつに。かえりたいなら、かえれば？」

「いやだから、そんなつもりはないって！」

黒緋に諭されて、そのような発想は消えてなくなった。しかし子供たちは信用してくれないのだ。

「なんでそんなに冷たいんだよ！」

「みんなね、蓮にかえってほしくないのよ」

澄ました顔で、山桃が言う。

「もちろん、わたしもね。でも蓮があんなことというから、おこってるの」

「ごご、ごめん！」

とっさに蓮は謝った。

「そんな……みんなを怒らせるつもりじゃ、なかったんだ。ただ……俺は、この世界にいてもいいのかなって思ってて」

「いいにきまってるじゃない！」

声をあげたのは、千歳だった。蓮に背を向けていたのが、振り返って大きな瞳を今にも泣き出しそうにうるうるさせている。

「蓮に、いてほしいもん！　ずっと、蓮とあそびたいもん！」

「で、でも」

この雰囲気の意外な理由を聞いて、蓮は戸惑っていた。慌てて、胸の前で両手を振る。

「本来の乳母の人が、帰ってきたら？　体調崩してるだけなんだろう？　元気になって、帰ってきたら？」

「じゃあ、ふたりにいてもらう！」

裏葉が「なんの問題があるのか」というように元気に言った。

「ふたりで、おれたちのめんどうみてくれたらいいよ」

「そんなの、黒緋さんが許すかな？」

「黒緋さまには、おれたちがいう！　おれたちのおねだりだったら、きいてくれるもん！」

「それもどうなんだか」

「蓮は、わたしたちがいやなの？」

似たようなことを、黒緋にも訊かれた。そんな言葉に、蓮はどきりとしてしまう。

「いやなわけない」

はっきりと蓮は言った。

「みんなのこと、大好きだ」

「ほんとうに……？」

疑わしく蓮を見やるのは、千歳だった。彼女の視線には、妙な迫力がある。

「そうじゃなかったら、乳母を引き受けるわけないだろう？」

「でも、蓮がうばになったときはあたしたちのこと、よくしらなかったじゃないの」

もっともなことを、千歳は言った。

「いまになって、どうおもうの？　きらいになったんじゃないの？」

「そんなわけ、ない」

力を込めて、蓮は言った。

「今は、前よりももっと好きだよ。ずっと一緒にいたいと思う」

「ならどうして、かえるとかいうの」

なおも千歳は、蓮を責める。蓮は困って頭を掻《か》いた。

「そりゃあ……いつまでもここにはいられないと思ってたからだよ」

「いつまでも、いていいのよ？」

山桃が言った。

「私たちが大人になっても、いてくれていいのに」

「そのまえに蓮は、黒緋さまのはなよめだよね？」

子供たちが騒ぎはじめた。もとのペースを取り戻しているようで蓮はほっとしたけれど、しかし話題が花嫁のことになってしまったのは、いただけない。

「黒緋さまは、もうそのつもりだよ？」

「らぶらぶだったもんなー」

四人はなにが楽しいのか、浮かれたように声高に話している。しかし蓮は、こと『花嫁』の話題になると、困惑せざるを得なかった。

「黒緋さまが、蓮にゆびわをさがすのをおゆるしになったのも、やっぱりはなよめだからなんだな」

「どうして？」

純粋に不思議に思って、蓮は尋ねた。花嫁であることと指輪と、どういう関係があるのだろう。

「だって、鳶地がいってたじゃないの。黒緋さまがのぞむものが、ゆびわをもってるんだって」

「ああ、確かに」

鳶地の言うことだから、あまり真面目にとらえていなかった。望む者、とはどういう意味なのだろうか。

「黒緋さまが、ゆびわをもっててほしいとおもっているひと、ってことでしょう？」

「そんなの、蓮しかいないじゃないか」

「そういうもの……？」

戸惑って声をあげる蓮を、子供たちが揃って見あげた。皆が、同じことを思っているようだ。

「でも俺、指輪なんか持ってない」

「そんなの、しらない」

常磐が、あくびをしながら言い放った。

「でも、たしかに蓮がもってる」

子供の眼力とでもいうのか、常磐は断言した。

「蓮がもとの世界に戻っちゃったら、黒緋さまはえいえんにゆびわをもてないね」

「脅すのか……」

蓮が脱力してその場に座ると、子供たちはくすくすと笑った。蓮は膝を抱えて体育座りをし、鶯地の言葉と、子供たちの言うことを合わせてじっと考え込む。

(指輪なんて、俺は持ってない)

けれど、それでも自分が持っているというのなら。

「蓮、どうしたの?」

「黒緋さんに、会ってくる」

「え、いま?」

子供たちは揃って、表を見た。雨がざぁざぁ降っている。だから時間はよくわからなかったけれど、まだ昼であることは確かだ。

「よるにならないと、黒緋さまにはあえないよ？」

「おしごとだよ？」

子供たちに言われて、蓮はまた座り込んでしまう。

「……夜になるまで、待つ」

「そうね、そうしたほうがいいわね」

山桃が澄ました口調で言って、また折り紙を折りはじめた。

第六章　花嫁と初夜

子供たちを寝かしつけて、蓮は王宮へと足を向ける。

前回とは違って、昼間のうちに約束は取りつけておいた。黒緋の私室へ向かう廊下では衛兵たちが待っていて、蓮を見ると深々と頭を下げた。

「陛下がお待ちでございます」

「はい、遅くなって」

蓮は、衛兵たちについていく。そういえばこうやって、公的に黒緋の部屋に赴くのははじめてだ。たいていは子供たちの館で会うか、庭園で偶然顔を合わせるか、この間の夜のように執務室に訪ねて行くくらいなのだから。

「来たか、蓮」

「こんばんは」

黒緋の私室は、広かった。窓際には執務室にあった以上に大きくて柔らかそうな椅子とテーブルがあって、黒緋は座って木のカップを傾けている。その中には琥珀《こはく》色の飲みものがあった。

「続けざまに、おまえから会いに来るなど」

「訊きたいことがあったので」

そう言うと、黒緋は不思議そうな顔をした。「まぁ座れ」と椅子を勧められる。

「失礼します」

腰を下ろすと、侍女が蓮の前に黒緋と同じものを用意してくれた。色からしてウィスキーのようなものを想像していたけれど、確かに酒だけれどこの間のものとは違う香りがした。

「なんですか。これ？」

黒緋が教えてくれた固有名詞は、蓮の知らないものだった。好奇心で口に含むと、濃いアルコールの成分が舌に沁《し》みた。

「これも、ずいぶん濃いですね……」

「そうか？　前よりも薄いものにしたし、味もいいと思うが」

「いえ、不味《まず》いとかそういうわけではないです。ただ濃いなぁ、って」

そう言いながら、ひと口を飲み込む。ひりっと咽喉が焼ける気配がして、蓮は早々にカップを置いてしまう。

「なんだ、もう飲まないのか」

「酔っ払っちゃったら、話ができませんから」

黒緋も、カップをテーブルに置いた。その青い瞳が、じっと蓮を見る。見つめられることにたじろぎながら、蓮はゆっくりと口を開いた。

「あの、黒金の指輪のことなんですけれど」

「……ああ」

にわかに黒緋は、後悔したような顔をした。

「以前は、ああ言ったが」

「なんのことですか？」

「指輪がないと、私はいずれ王位を追われる。そう言っただろうが」

ああ、確かに。蓮はうなずいた。

「おまえは、そのことを気にしなくていい」

「そういうわけにはいきません……！」

蓮は思わず声をあげた。

「俺がなんとかできることなら、なんとかしなくちゃ。そうでないと、黒緋さんの恩に報えません」

「恩、か」

その言葉を、黒緋はなぜか残念そうな口調で呟いた。蓮が首を傾げると、「なんでもない」と言い放つ。

「鴬地さんも、子供たちも……言うんです。黒緋さんは、指輪を持っている。黒緋さんの望む誰かが、指輪を持ってるんだって」

黒緋はなにも言わなかった。ただじっと、蓮を見ている。

「俺は、花嫁らしいから……無関係じゃ、ないのかなって」

好きだ、愛している、と言われたことを思い出した。そのことを思って、頬がかあっと熱くなる。

「あの……俺には、よくわからないんですけど」

「本当に、よくわかっていないのか？」

どこか怒ったように、黒緋は言った。蓮は、びくりと震えてしまう。

「私はおまえに、愛していると言ったはずだが？」

黒緋も、そのことを忘れてはいなかったらしい。蓮は、身を小さくしてうつむく。

「そ、れは……聞きました」

「黒の月、緋の日に現れた異雲人だからではない、おまえだから愛していると、言ったと思ったが？」

「それも、聞きました」

こんな会話を交わしていると、だんだん恥ずかしくなっていく。蓮は、黒緋の顔を見ることができない。

「私が望んでいるのは、おまえ以外にあり得ない」

力強い口調で、黒緋は言った。蓮はびくりと、体を震わせた。

「そういう意味では、おまえが指輪の在処を示すのだろうが……」

「わかり、ません」

もう何度目になるかわからない言葉を、蓮は繰り返した。

「俺がわかるわけ、ないです。俺は……異雲人、なのに」

「そういうことは、関係ないと思うが」

不思議そうに、黒緋は言った。

「異雲人であることはもちろんだが、その前におまえは、私の花嫁だ」

その言葉に、蓮は大きく震えた。ふたりきりで、彼がその言葉を発するのははじめてだ。

「王位に無関係ではない。そんなおまえが持っていても、なんの不思議もないのだが」

「そう言われても……知らないものは、知らないです」

まるで黒金の指輪を持っていないことが罪であるかのように感じて、蓮はうつむいてしまった。

「そんな顔をしなくてもいい」

蓮を慰めるように、黒緋は言った。

「おまえを責めているわけではない。ただ、可能性の問題を言っているだけだ」

黒緋の口調からは、指輪を求める鴬地のような焦りは感じられない。なければなくていい。そのような心が感じられる。

「おまえが持っていないのならそれでいいし、そのせいで私が王位を追われるようなことがあっても、それはそれでそういう運命だと諦《あきら》めよう」

そして黒緋は、低く笑った。どこか今の状況を、楽しんでいるかのようだ。

「しかし、諦めきれないこともある」

「なんですか？」

蓮の言葉に、黒緋は眉をひそめてみせた。

「おまえのことだ」

そう言われて、胸がどきりと鳴った。黒緋の深い色の瞳が、じっと蓮を見つめている。

「私にとって一番の問題は、おまえが私を受け入れないことだ」

そう言われて、蓮の身震いは大きくなる。黒緋は目をすがめ、また酒をひと口含んだ。

「おまえは隙《すき》があるように見えて、身が固い。つけいるところを探しても、まるで透明な壁でもあるかのように、おまえに触れられない」

「受け入れるって、どうすれば……？」

純粋な疑問から、蓮はそう尋ねた。黒緋はカップを置いて、食い入るように蓮を見た。そのまなざしに、戸惑いが大きくなる。

「私に抱かれろ」

彼がなにを言ったのか、わからなかった。蓮はぱちぱちとまばたきをし、そんな彼を目にしても黒緋は表情を変えなかった。

「私の花嫁になるのだ。身も心も」

「だだだ、抱かれるって？」

ふいに思い当たったことに、蓮の声は裏返った。

「あの……セックスするってことですか？　男同士で？」

そうだ、と黒緋はうなずいた。

「私は、おまえが欲しい。おまえのすべてを、私のものにしたい」

「ほほほ、欲しいって……！」

蓮は思わず後ずさりをしたけれど、逃げられる場所などない。それよりもなによりも、
黒緋の視線が蓮を拘束している。

「私はずっと、そう願ってきた。おまえには……伝わっていなかったか？」

「そ、んなこと……考えたこともなかった、です」

ひくつく咽喉から、蓮は言葉を紡ぎ出した。

「抱かれるとか……俺」

「愛《いと》しい者を前に欲情しないなど、あり得ないな」

さも当然のことであるかのように、黒緋は言った。

「私はおまえが欲しい……はじめて会ったときから、今でも」

「そんな目で、俺のことを見てたんですか……」

あまりにも意外で、しかし同時に黒緋の言うように「当然だ」という思いも抱きながら、
蓮は言った。

「ああ。今も、そういう目で見ている」

そう言って黒緋は、立ちあがった。蓮は、びくりと大きく身をわななかせる。

「そんなに怯えるな」

彼は手を伸ばし、蓮の肩に触れた。

「おまえから抱いてほしいと言うまで待つつもりでいたが……もう、待たない」

蓮の反応を押さえ込むように手に力を込め、そして改めて、じっと見つめてくる。

「……あ」

黒緋の、澄んだ瞳。注がれるまなざし。蓮は自分の左胸が、どきりと跳ねるのを感じた。

「おまえに、危害は加えない。ただ優しくしてやりたいだけだ」

「でも……俺、こんな経験なんか、なくて」

「あってたまるか」

くすくすと、黒緋は笑った。そして彼は、顔を近づけてくる。キスされる、と反射的に蓮は目を閉じ、予想どおりに唇に柔らかいものを感じた。

「ん、っ……」

最初はそっと重ねるだけ、次第にキスは深くなり、いきなり突き込んできた厚い舌に荒々しく閉じた唇をノックされる。思わず口を開けて、すると長い舌が中に入り込んできた。

「ふぁ……、っ……」

キスなら、何度もされたことがある。しかし慣れることはなくて、蓮はぞくぞくと背中に走る感覚に、懸命に耐えた。

「っああ、あ……っ……」

「敏感だな」

くすくすと、黒緋が笑った。

「私の思いどおりの反応を見せる……こんなおまえを愛しく思わないわけが、ないだろう」

「そ、んな……、っ……」

黒緋の腕が、蓮の背中にまわる。ぐいと抱き寄せられて、ふたりの胸が重なった。どく、どく、と伝わってくるのは黒緋の心臓の鼓動か。

「くろ、ひ……さん、も」

唇を合わせたまま、蓮は掠れた声を洩《も》らした。

「どきどき、してます……？」

「愛おしい者が腕の中にいるのだ、あたりまえだろう」

なにを言うのだ、というように黒緋は微かに笑った。

「おまえが、こんなに従順に、私に応えてくれるとは」

「だ、って……」

男に抱かれることなど想像したこともなかったし、今からなにが起こるのか想像もできない。それでも導いてくれるのが黒緋なのだと思うと、奇妙な安堵が胸に広がるのだ。

「黒緋さん、だから」

「嬉しいことを言ってくれる」

黒緋は笑いながら、蓮の足に手をやる。いきなりぐいと抱きあげられて、思わずおかしな声があがってしまった。

「な、なにするんですか！」

「初夜だな」

目を細めて、黒緋は言った。

「今夜がその日だとは思わなかったが……これもなにかの巡り合わせ」

彼の声は、歌うようだった。

「おまえが私の膝の上に降ってきたときから、この日を待ち望んでいた」

「黒緋さん……」

自分の声が、ぎょっとするほどにうっとりしていることに気がついた。その声音は、蓮以上に黒緋が聞き取っていることだろう。彼は扉を越えて、仕切られた向こうの部屋に向かう。

そこには、大人が五人ほど横になれるような大きな寝台があった。サイズ以外は、蓮の部屋のものと変わりない。黒緋がひとりで眠るはずだったそこに、蓮は横たえられる。その上に黒緋がのしかかってきた。

「あ、の……」

「私に任せておけばいい」

優しい声で、黒緋が言った。

「怯えることはない。……優しくしてやる」

「……はい」

蓮はぎゅっと、目を瞑る。黒緋が小さく笑って、またキスをされた。軽く触れて、舌で口を開かせて中に入り込んでくる。蓮がおずおずと舌を出すと、強く吸いあげられた。ふたりのそれが絡まって、くちゅくちゅと音があがる。

「っあ、あ、……、っ……」

彼の舌の表面のざらざらした部分に擦られて、背筋が震える。猫に舐められたときに感じるようなざらつきだけれど、それよりも刺激が強い。同時に黒緋の牙が、蓮の唇に食い込む。

「んぁ……あ、あ、あ……、っ……」

「この程度で、音《ね》をあげるな」

なおも笑いながら、黒緋が言った。痛みは感じないけれど、思わぬ刺激に体がついていかないのだ。

「今から、もっとおまえを悦《よろこ》ばせてやるのだからな……？」

「や、ぁ……、っ……」

黒緋の手が、蓮の肩に触れる。そっとなぞられて、またぞくぞくとした感覚が走り抜けた。そんな蓮の反応を押さえ込むように手に力が入り、そしてそれは、蓮の上衣の襟にかかる。

「ひ、ぁっ！」

「脱がねば、できないだろうが」

なにを、というように黒緋は言って、そのまま上衣をずらしてしまう。ひやりとした空気が、肌を撫でた。

「かわいらしい乳首だ」

「いや……、いわ、ないで……」

蓮は唇を嚙《か》もうとしたが、黒緋の舌に遮られてしまう。唇を舐められながら、今まで意識したこともなかった乳首に指を這わされるのを感じる。

「ひ、ぁ……あ！」

「敏感だな」

満足そうに、黒緋が言った。指できゅっと乳首を抓《つま》まれ、軽く捻られて思わず声があがった。

「ここも……反応している」

「いや、や……、っ……」

抓まれた乳首からは、どう感じ取っていいのかわからない感覚が伝わってくる。くすぐったいような、痺《しび》れるような——それが性感だとはとても思えないけれど、黒緋はただ戯れに、そのようなところに触れているのだろうか。

「そ、んなところ……やめて、ください」

「しかしおまえは、感じているだろう？」

「か、んじて……なんか」

「いいや」

どこか高圧的に、黒緋は言った。

「ここが、尖ってきている。こんなに小さいのに、快感を拾うことは知っているのだな」

「そんな、こと」

否定したかったけれど、黒緋が乳首に唇を寄せ、ちゅく、と吸ってきたことに蓮の腰が大きく跳ねた。

「あ、や……、っ！」

「ほら、感じている」

声音に悦びを含ませて、黒緋は言った。

「こちらも、こちらも……ほら、硬くなっている」

「いや、いや……」

蓮は首を振って、自らの体の反応を否定した。しかし黒緋は、ふっとため息とともに笑うばかりなのだ。

「いやではなかろう……ほら、こちらも」

「ひ、あっ！」

「勃《た》ってきている。おまえの反応は、かわいらしいな」

「か、わいいとか……」

否定したかったけれど、しかし自身が勃起《ぼっき》していることは確かだった。腰の奥が微かに疼《うず》いて、乳首に触れられただけでこんなに反応するなんて、自分はどうなってしまったのだろう。

黒緋の手は蓮の上衣をすっかりはだけさせ、ズボンの腰部分にすべる。しゅるり、と帯をほどかれ、下半身も冷たい空気に包まれた。

「んぁ、あ、ああ！」

下穿きの上から、下肢をなぞられる。黒緋の言うとおり勃ちあがっているそこは、彼の手の刺激を敏感に受け止め、今にも下穿きからはみ出しそうだ。

黒緋は胸からみぞおちへ、腹部へ、舌を這わせた。まるで肌を味わうような動きに蓮は乱れ、そんな彼を黒緋は悦ぶ。

「私の愛撫《あいぶ》を、悦んでいるのだな」

「ん、っ……、あ、あ、あ……、っ……！」

「こんなにかわいらしいおまえを、今まで抱かなかったとは……私も、迂闊者だ」

彼の指が、下穿きにかかる。しゅるりとほどかれ、蓮は思わず強く目を瞑った。現れたそれはしっかりと男の形をなしているはずで、否定しながらも反応している自分が恥ずかしかった。

「もっと、気持ちよくしてやる」

「あ、ああ……、っ……」

蓮は、ぶるりと身を震わせた。

「舐めてやるから、達《い》け。おまえの達くところを、私に見せろ」

「やぁ、あ……だ……」

蓮は懸命に抵抗した——つもりだった。しかし早々に蕩《とろ》けさせられてしまった体を間近で見られては、否定することもできない。蓮は自分の腕で目もとを隠し、迫《せ》りあがる羞恥から少しでも逃れようとした。

「顔を隠すな。私に、見せろ」

「だめ……」

しかし腕は取り払われ、じっと顔を覗き込まれる。黒緋はちゅっと音を立ててくちづけると、蓮の下肢に顔を埋《うず》めた。

「ああ、あ……、っ……！」

くわえられ、いきなりきゅうと吸われた。びくびくっと全身が反応する。蓮は大きく目を見開いて、同時にくちゅくちゅという音が耳に入ってくる。

「んぁ、あ、あ……、っ……！」

「こちらも、驚くほどに敏感だな」

本気で驚いたかのように、黒緋は言った。

「口でされるのははじめてか？　意外と、おぼこいのだな」

「おぼこいとか……、やめてください」

精いっぱいそう言って抵抗したのだけれど、かえって黒緋の笑いを誘うだけだった。

「しかし、そんなおまえが愛おしいよ。蓮……私の手で、おかしくなれ」

彼は蓮自身の根もとを摑み、扱《しご》きあげながら先端を吸う。それはあまりにも強烈な刺激で、蓮は何度も身震いをした。

「あ、あ、あ……、っ……っ……」

ぞくぞくと、全身がわななく。指先までが痺れて、うまく言うことを聞かない。蓮は大きく見開いた目で天井を見あげながら、迫りあがる快感に耐えた。

「あ……だめ、だめ……、出る」

「出せばいい」

なんでもないことのように、黒緋は言った。

「おまえの味を、味わわせろ……きっと、美味に違いない」

精液が美味だなんてあり得ないのに。しかし黒緋が味わいたいというのなら――迫りあがるこの気持ちは、いったいなんなのだろう。蓮は手を伸ばして、黒緋の被毛を指先に絡めた。

「っああ、あ……、ああ、あ……、っ！」

蓮は大きく腰を跳ねさせる。痛いほどに強く吸われて、鋭い感覚が全身を走りぬける。咽喉から洩れる声は掠れ、体がきゅっと反った。

「はぁ、あ、あ……あ、あ、あ！」

「ふふ」

ごくり、と嚥下《えんか》の音がする。視線を落とすと黒緋は自分の唇を舐めていて、その舌先には微かに白いものが絡みついていた。

「甘いな。かわいいおまえの放つものは……甘く感じるのだろうな」

「やだ……、甘いわけ、ない」

ふるふると頭を振りながら、蓮は言った。

「おかしなこと、言わないで……」

「しかし実際そうなのだから、仕方がない」

黒緋はまた笑い、体を起こして蓮にくちづけてきた。苦い味が口腔に広がって、蓮は眉をひそめた。

「……苦いじゃないですか。いやな味」

「そうか？」

黒緋は微笑んでいるけれど、その目は鋭く光っている。獲物をとらえた肉食獣のように煌《きら》めく瞳はまっすぐ蓮を貫いていて、それは蓮に新たな性感を受け止めさせる。

「私には、好ましい味だ……おまえのものだと思うとな」

彼は手を伸ばす。蓮の剝き出しの腿《もも》に手をかけ、脚を大きく拡《ひろ》げさせた。

「あ、や……、やぁ、あ、あ……っ……！」

放ったばかりの欲望が、びくりと反応する。双丘が開いてそこに空気が入ってきた。性感に痺れさせられている蓮の体はそれさえも愛撫としてとらえ、大きく息を呑み下した。

「ここも、かわいらしい桃色だ」

彼は指を伸ばし、そっと後孔に触れてくる。びくん、と蓮は大きく反応した。

「しかし、硬いな。ほぐして……とろとろにしてやらねばなるまい」

「ほ、ぐす……？」

黒緋の言うことがわからない。黒緋は再び蓮の両脚の間に顔を埋め、厚い舌で秘所をぺろりと舐めあげた。

「い、ぁ、あああ、あ！」

蓮は、大きく目を開けて悲鳴をあげた。

「や、だ……そんな、ところ……！」

思いもしない行動だった。しかし黒緋はそんな蓮の反応など読んでいたらしく、その大きな手で下肢を押さえ込むと、丹念にそこに唾液《だえき》を塗り込めはじめた。

「いぁ、あ……、ああ、あ、……、っ！」

最初は、違和感があるだけだった。しかし黒緋が舌先を突き込むころには迫りあがってくるのは快感になり、蓮は声が洩れるのを抑えることができない。

「ああ、あ、あ……だめ、や、め……」

「しかしおまえは、悦んでいるではないか」

ぺちゃ、くちゅ、と音を立てながら、黒緋はさらにその奥を探っていく。内壁は彼の唾液を吸って少しずつ柔らかくなり、違和感よりも快感が湧《わ》きあがっていくのを蓮は感じていた。

「ここも、こんなに柔らかくなって……私を受け入れるために蕩けていっているのだな」

「ちが、ぁ……く、ろひさ……、やめて、やめ……」

蓮は「いやいや」をするように首を振った。自分の髪が、頬を叩く。その微かな感覚にも感じてしまい、蓮は掠れた喘ぎ声を空《くう》に放つ。

「そ、んな……ところ。おか、しくな……、るっ……」

「ああ、おかしくなるといい」

指が一本、挿《はい》ってきた。ひっ、と蓮は声をあげて、黒緋の被毛を摑む手に力を込めた。

「中も、もうぐずぐずだ。これなら、私が挿《い》れても問題はないな……？」

「挿、れるの……いや……、そん、な……こわい」

「私が、おまえを傷つけるようなことをすると思うか？」

指は二本挿ってきて、内部でてんでに踊った。蓮は鋭く声をあげ、瞠目《どうもく》した目の端から一滴、涙がしたたり落ちた。

「おまえの中の、いいところを探してやろう……おまえが感じて、もっととねだる場所をな」

「いや、そんな……、こ、わい……！」

蓮は繰り返したが、黒緋の行為はやまない。自分でも触れたことのない内壁を、黒緋は淫《みだ》らな水音とともにかきまわす。突かれるたびに蓮は、ひく、ひく、と腰を跳ねさせて、自分が感じていることを黒緋に知らしめる。

「怖くはない」

指の動きを激しくしながら、黒緋は笑いを含んでささやいた。

「それどころか、もっともっととねだるようになる……もっとしてくれと、おまえから腰を振るようになる」

「あ、あ……ああ、あ、あ、あ！」

蓮は、甲高い声をあげて身を仰《の》け反《ぞ》らせた。

「いぁ、っ、……く、……ぁ……、っ……」

「ここだな」

そこは、蓮の身のうちの弱点――前立腺だったらしい。もっとも感じる部分を見つけた彼は執拗にそこに触れた。

「あ、や……だめ、だめ……、ぞくぞくって、する……！」

「それが、正常な反応だ」

満足そうに、黒緋は言った。

「ここを突かれてまともでいられる男はいないな。ほら、ここからまたしずくが垂れている」

「ひぁ、あ、……、そこ、も……触っちゃ、いや……」

黒緋の手は、蓮自身に触れる。一回達したはずのそこは再び固く力を持っていて、そっとなぞられるだけで体中がびくびくと反応する。

「なにを言う……いい、だろうが」

彼は大きな舌で、そこを舐めた。敏感な先端を、そのままべりおりてくびれを舐められる。それが自らの意思であるかのようにびくびくとわななき、とろりとわずかに白濁をこぼすのを、蓮は感じていた。

「こちらも、ほら……じゅくじゅくになっている。男も自ら濡《ぬ》れること、知っているか？」

「しら、な……、ああ、あ……しらな、い……っ……」

「おまえには、閨ごとの才能があるらしいな」

どこか感心したかのように、黒緋は言う。

「ここまで馴染んで濡れるとは……私を受け入れる準備ができているということだ」

「じゅ、……び、なんか……」

自分の体がどうなっているのかもわからないのに、さらにこれ以上の快感を味わわされるのか。蓮はそんなことを思い、与えられるのが快感であると知っている自らの体に、怯えた。

「おまえの艶《なま》めかしい姿を見ているのも、限界でな」

どこか切羽詰まった声で、黒緋は言った。

「そろそろ、私にもいい思いをさせろ……おまえの体を、堪能《たんのう》させろ」

ちゅくん、と音がして、指が引き抜かれた。拡げられた秘所は異物を惜しんでせつなく疼き、蓮は腰を揺らめかせた。

「あ、やだ……、や、だ、……、っ……」

「ああ、いい子だ」

まるで子供をあやすように、黒緋は言った。

「おまえの望むものを挿れてやる……おまえが病みつきになって、もっともっとと、ねだるものだ」

彼の声とともに、しゅるりと音がする。そして熱く太いものが、蕩けた秘所に押し当てられた。

「あ、あ、あ……、っ、……だめ、だめ……っ」

蓮は身を捩《よじ》ったけれど、彼の体は逞しい腕に押さえつけられてしまう。そのまま黒緋はぐいと腰を進め、すると秘所は、指二本よりも太いものを易々《やすやす》と受け入れた。

「柔軟だな」

感心したように、黒緋が言った。

「そして、たまらなく愛おしい……私を受け入れて、離さない。絡みついてくる……」

「うぁ、あ、あ……、あ、あ、ああ！」

じゅく、じゅく、とそれは少しずつ挿り込んでくる。圧迫感にまた涙が流れ、しかしそれは痛みゆえの落涙ではない。

「泣くな」

そう言って、黒緋が涙を舐め取ってくれた。

「痛むのか？　ここは、そう言っていないようだが……？」

「いた、くな……」

途切れ途切れの声で、蓮は言った。

「いたく、ない……けれど」

「けれど？」

ああ、と蓮は声をあげた。内壁を、硬いものでごりごりと擦りあげられる。それは敏感な部分をも擦り、しかし今の蓮の体はどこもが感じる性感帯と化していて、ただ絶え間ない声をあげるしかない。

「……わかりません」

自分の涙の理由など、わからない。ただなぜか溢《あふ》れ出て、その間にも黒緋の攻めは止まらないのだ。

「花嫁の、涙だな」

くすくすと、黒緋は笑った。

「うつくしい……王に抱かれるにふさわしい、うつくしさだ」

こめかみに、頬にくちづけられた。その間にも侵入する怒張は深さを増していて、指では届かないところにまで挿り込んできた。

「ああ、そこ……だめ、です……そんな、深い……」

「おまえの中は、本当に心地いい」

はっ、と熱い息を吐きながら、黒緋はうっとりと言った。

「私自身に、吸いついてくるようだ……ああ、もっとねだって震えている」

「あ、あ……そ、んな……、こと、ない……」

蓮が腰を捩ると、黒緋の吐く息の調子が変わる。彼も感じている、蓮の体に溺《おぼ》れているのだ——そう思うと欲情は強くなり、蓮は大きく身を震わせた。

「ああ、……あ、……、いい」

同時に、そんな声が溢れ出た。黒緋は蓮にくちづけると、にやり、と口の端を持ちあげた。

「心地いいだろう？」

「ち、が……、ちがいます……！」

「なにが違うものか」

ずん、ずんと下肢を突きあげながら黒緋は言う。

「おまえの中も、口も……素直ではないか。もっと感じろ。声をあげろ」

「ふぁ、あ、あ……、ッ……っ……」

「いい、と言え」

蓮の口調が気に入ったのか、黒緋はそう促した。

「おまえの甘い声で、本音を聞かせるのだ。私に、いい、と」

「やぁ、あ、あ……あん、っ、っ！」

蓮の腰を掴み、ひときわ大きく突きあげたかと思うと、黒緋は下肢を引いた。ずるずると大きな欲望が出ていく。そうやって擦られるのがたまらなくて、蓮はまた声をあげた。

「いぁ、あ、あ……、あ、っ……だ、め……」

「なにが、だめだ」

くすくすと笑いながら、黒緋はささやいた。

「出ていってはいけないと言うか？　それならそうと、はっきり言え」

「いぁ、あ……だめ、だめ……もっと、奥」

自分でも、なにを言っているのか判別できない。ただ欲望のままに蓮は声をあげ、腕を伸ばして黒緋の逞しい体に抱きついた。

「お、く……、抉《えぐ》って。もっと、俺を……！」

「いい子だ」

そう呟いて、黒緋はぐいと腰を突きあげる。ぐりゅっ、と柔肉が捻《ねじ》れ、蓮に新たな感覚を味わわせる。

「もっと啼《な》け……私がもっと、おまえを愛《め》でたくなるように」

「あああ、……感じて……、俺、も」

ふたりの腹に擦られる蓮自身の先端から、ぴゅっぴゅと白濁液が放たれる。量は少なく、思いきり達せたという感覚はない。それでも体は全体で黒緋の愛撫を感じていて、また新たな性感が迫りあがる。

「お、れ……、達く」

「ああ」

突きあげ、引き抜き、また突きあげながら、黒緋はうなずいた。

「達くといい……、私も、おまえの中に」

抽挿が激しくなる。ぐちゅ、ぐちゅ、とふたりの接合部分が音を立てる。蓮の背は大きく仰け反り、黒緋の腹に向かって欲望の丈を吐き出した。

「んぁ、あ、あ……ああ、あ、……、っ……！」

「……おまえの中が、心地よく締まる」

乱れた吐息とともに、黒緋が言った。

「先ほどとは、また違うな。中がうねっている……私を悦んで、おまえが」

「ひぅ、う……、っ……」

蓮は、歪んだ嬌声《きょうせい》をあげた。

「も、もう……きつい、です。もう、これ以上……」

「まだ終わらぬ」

残酷な宣言を、黒緋は告げた。

「おまえの体が、心地よすぎるのが悪いのだぞ……？　私を虜《とりこ》にする。私をくわえ込んで、離さない」

「ちが……、そんな、こと……」

蓮はふるふると首を振ったけれど、さらなる刺激に酔わされる。黒緋の背を強く抱きしめると、呑み込んだ彼自身はごりっと最奥に当たり、蓮は大きく目を見開いた。

「違うものか」

意地の悪い口調で、黒緋は言った。

「ほら……私の精を欲しがっている。うねうねと動いて……私を中に取り込もうとしている」

「いぁ、あ、あ……、っ……！」

蓮、と掠れた声で、黒緋が呟く。

「ほら、おまえの望んでいるものだ。おまえの中に、放つ。一滴残らず、な」

「ああ、ああ、あ……、っ、……、っ……」

黒緋がひときわ強く腰を突きあげ、最奥よりもっと深いところに彼を受け止めた、と思った刹那《せつな》、灼熱《しゃくねつ》の迸《ほとばし》りを感じる。

「……ぃ、あ……ああ、あ、あ……っ……っ！」

身の奥から、焼かれてしまうと感じた。蓮はぶるぶると大きく震え、そんな彼の体を黒緋が強く抱きしめる。彼もまた荒い息を吐いていて、その呼気が奇妙に艶めかしく感じられた。

「あ、沁みる……、っ……」

放たれた精液が、蜜肉の中に沁み込んでいく感覚に、蓮は声をあげた。それは蓮を、指先からすべて染めあげようというようで、蓮は立て続けに何度も背をわななかせる。

「沁みる……黒緋、さん……俺の、中」

「孕《はら》め」

満足そうに、黒緋はささやいた。

「私の子種を受け止めて、孕め……私の子を生め」

「で、きるわけ……な」

男の身で妊娠などできるわけがないのに。しかし体の奥に沁み込んでいく感覚は彼の言うとおり、そのまま子供を孕んでしまいそうで。それに蓮は、倒錯的な悦びを感じ取った。

「沁みるの……、イイ」

淫らに、蓮はささやいた。

「なんだか、すごく……」

「感じるだろう？」

蓮の体のことをすべて知り尽くしている口調で、黒緋は蓮の耳もとにくちづけた。

「あ、ああ、っ！」

それにすら感じてしまって、蓮は声をあげる。なおもふたりの体に挟まれている蓮自身から精液が飛び散って、それは量も少なく薄かったけれど、確かにまた感じて、達したのだ。

「まったく、敏感なやつだ」

呆れたように、黒緋が言った。その口調が、胸に突き刺さる。

「嫌い、ですか……？」

途切れ途切れの口調で、蓮はそう呟いた。

「こんな俺は、嫌い……？」

「まさか」

くすくすと、黒緋は笑った。

「愛おしいぞ。なによりも、な」

「子供たちよりも？」

どことなく意地の悪い気持ちでそう言うと、にわかに黒緋は困った顔をした。

「子供たちと、おまえ相手では、違う『愛』であること……理解しているくせに」

「もちろん、わかっています」

今度は蓮が、くすくすと笑う番だった。黒緋は少し不機嫌な顔になり、牙できゅっと蓮の唇を咬んできた。

「い、たっ」

「痛くなどないくせに」

そう言って黒緋は、蓮の唇を舐める。そして腰を引いて、少しずつ隘路《あいろ》から自身を抜き出した。

「あ、あ……、っ、……っ」

蓮は、ぶるりと大きく身を震わせる。突き込まれる感覚も相当なものだったけれど、引き抜かれる刺激にもまた感じさせられる。自身がまた力を持つような気がして、羞恥に蓮は顔を背けた。

「蓮、私を見ろ」

ささやきかけられて、そっと黒緋の煌めく瞳を見つめる。なおも欲情に染まった情熱的な、それでいて誠実な目の色に動揺と安堵を同時に味わわされ、見ていられなくて蓮は視線を逸《そ》らせた。

「艶めかしいな」

黒緋とわかたれて、ひとりになった蓮は、服をすべて脱がずに着崩している格好がどれほど淫らなものか、黒緋の言葉に実感させられる。

「そして、うつくしい……私のために用意された美だ。私だけの、おまえだ」

「は、い……」

蓮は自然に、うなずいていた。所有の言葉をささやかれても、いやな気持ちはしない。それどころか、彼のものでありたいという心がどんどん湧きあがってくるのだ。

「私の、花嫁」

そうささやかれて、蓮は思い出した。山から落下したとき、誰かに優しく抱きしめられた。死の前の走馬燈《そうまとう》だと思っていたあれが黒緋の腕で、ああやって抱きしめられたときから、蓮は黒緋に惹《ひ》かれていたのだ。

「……黒緋さん」

まだ震える声で、蓮は言った。

「好き、です」

そう呟くと、黒緋は驚いた顔をした。彼のそのような表情を見ることは今までなかったので、蓮は思わず笑ってしまった。

「なにを笑う」

黒緋はふてくされたような顔をした。それがおかしくて蓮はますます笑い、すると無理やり拡げられた体に障って、顔を歪めてしまう。

「大丈夫か」

「だい、じょうぶです」

黒緋は顔を伏せてきて、蓮にくちづけをする。蓮もそれに応え、ふたりは重ねるだけの、甘いくちづけを交わした。

「ん、……っ」

蓮は手を伸ばした。黒緋の右手を探り、ぎゅっと握りしめる。と、違和感を覚えて目を見開いた。

「どうした？」

「あの……、黒緋さんの、指」

蓮と手を握ったまま、黒緋は右手を引き寄せた。彼の顔も、また驚愕《きょうがく》に彩られる。

「黒金の、指輪だ」

「……え」

蓮は驚いて起きあがろうとし、しかし腰が重くて身動きが取れない。

「なんで、それが黒金の指輪だって……？」

「父上の指に、嵌《は》められていたものだ」

黒緋はしげしげと、人差し指に嵌められた指輪を見つめている。蓮もじっと見やる。輝く金属の黒地に細かな金の装飾が施されていて、宝石などはついていないまでもうつくしい指輪であることが見て取れる。

「しかし、なぜ……今、ここに？」

鴬地も蘇羅も、指輪は黒緋の近くにあると言っていた。彼が望む者が持っているとも。鴬地はそれを蓮だと言い、ならばふたりのはじめての交わりにおいてようやく、可視できる形で指輪が現れたということなのだろうか。

蓮がそう言うと、黒緋は首を捻った。

「父上は、祖父上から直接手渡されていた」

黒金の指輪のことについて、彼はそう言うのだ。

「このような、まどろっこしい形などなかった。どうして、私だけ」

「お祖父《じい》さんやお父さんには、奥さんや恋人がいたんですか？」

「ああ、即位前にはもう結婚していたということだ」

「だからじゃないですかね……？」

思案しながら、蓮は言った。

「その指輪は、王が伴侶《はんりょ》を娶ったときに現れる。黒緋さんは結婚していなかったから、指輪は姿を消していた……けれど、そこに」

そう言って蓮は、黒緋の右手の人差し指を指さした。

「もともと、嵌まっていたんだ。目に見えなかっただけで」

「それでは私は、おまえを娶ったと思っていいのか？」

黒緋は、じっと蓮を見やった。

「祝言を挙げるまでもない、おまえはもう、私のものになったと？」

「……そう、です」

消え入りそうな声で、蓮は言った。

「俺は、あなたのものになりました」

「そうか」

黒緋が落ち着いてそう言ったので、彼はなんの感慨も抱いていないのかと思った。しかし黒緋は、彼らしくもなく満面の笑みを浮かべると蓮に抱きついてきた。

「嬉しいぞ」

彼は、蓮の耳もとでそうささやいた。

「私は、嬉しい。おまえを娶ることができて……おまえの心が、私に向いてくれて」

「お、れは……ずっと、黒緋さんしか見てませんでした」

蓮が言うと、黒緋の顔に少しだけ影が差した。

「おまえは私の花嫁になることを、いやがっていたではないか」

「花嫁、という言葉に、違和感があっただけです」

誤解を招かないように、蓮はゆっくりと言った。

「あなたのものになることに、否やがあったわけじゃない……ただ俺は、跡継ぎとか産めないのに」

「私たちには、かわいらしい四人の子があるではないか」

一転、黒緋はくすくすと笑った。

「どの子も、王の座にふさわしい……どの子を次代の王にするか、迷うところだな」

「女の子でも、王になれるのですか？」

「もちろん。この雪豹国の歴史には、女王も多く存在する」

あたりまえだというように、黒緋は言った。

「だから、子がなせぬなどとつまらぬことで悩むでない。もちろん、おまえが孕んでもいいのだがな」

「物理的に、無理です」

蓮の言葉に、黒緋は笑った。そして改めて腕を伸ばし、蓮をぎゅっと抱きしめた。

「愛している」

限りなく優しい声で、黒緋はそうささやいた。

「どこからともなく降ってきたおまえ……私の膝の上に落ちてきたおまえ。これを運命と言わずに、なんと言おう」

歌うように、黒緋は言った。その声音に恥ずかしさと喜びをかき立てられて、蓮は横を向いてしまう。そんな彼の顎をとらえて、黒緋は自分のほうを向かせ、何度目かになるくちづけを落とした。

「身を清めなくてはならんな」

黒緋は言った。

「着替えも……おまえは今夜、ここで眠れ」

「え、でも」

侍女たちがいるとはいえ、子供たちを放っておいていいのだろうか。蓮が戸惑うと、黒緋はにやりとして言った。

「やっと手に入れた、我妹子《わぎもこ》だ。決して離しはせぬよ」

そう言って黒緋は笑い、蓮の体を強く抱きしめたのだった。

終章　幸せの風

いい天気だ。

空は雲ひとつなく晴れ渡っていて、ピクニックにはちょうどいい日和《ひより》だった。

快晴だというだけで、心はなんとなく晴れ晴れとする。蓮の前には子供たちが四人、手に手を取って駆け出している。

蓮の手も、ひとまわり大きな手に包まれていた。黒緋の手だ。その人差し指には、黒金の指輪が嵌まっている。

指輪は金属でできているように見えるのに、触れるとどこか柔らかくて温かい。黒緋の体温が移っているのかと思うけれど、それともどうも違う。指輪自体が放っている温度であるように感じられるのだ。

「黒緋さまー、蓮ー。はやくはやく！」

走って先に行っている千歳が、声をあげた。小さな手をぶんぶんと振っているのに応えたいのだけれど、蓮のもうひとつの手には籐《とう》の編み籠《かご》があって、中にはお弁当が入っている。

黒緋が持とうかと言ったのだけれど、王に荷物運びなどさせるわけにはいかない。蓮は断り、代わりに手を借りたのは、後ろから歩いてきている鷲地だった。

「おい、これ。重いんだが」

「帰りは軽くなりますよ。見晴らしの丘まですぐだから、もうしばらくお願いします」

蓮が言うと、鷲地はぶつぶつ言いながらそれでももうひとつの籠を運んでくれた。蓮は黒緋と目が合い、ふたりしてくすりと笑う。

「いいお天気ですね」

「そうだな」

ふたりの間には、他愛《たわい》ない会話だけが交わされる。それでも蓮は幸せだった。愛する者と手をつなぎ、なんでもない言葉をかけてもらうだけでこれだけ幸せだとは、蓮は今まで考えたこともなかった。

ちらりと後ろを見ると、鷲地が不機嫌そうに蓮を見た。目が合って肩をすくめると彼は「仕方のない」とでも言いたげに呆れた表情をした。

「蓮、はやく！」

子供たちの声に導かれて、大人三人は足を速める。今日のピクニックの目的地である『見晴らしの丘』は、眼下に城下の街並みが見える、文字どおり見晴らしのいい大きな崖《がけ》の上だった。

「わ、ぁ……」

蓮は思わず、声をあげる。黒緋が手をほどき、同時に子供たちに呼ばれたので蓮はそちらに駆けていった。

「すごいね、すごい見晴らしだね！」

「でしょー？」

得意げに、千歳が言った。

「ここからみるのが、いちばんサイコーなの！」

千歳は山桃の手を取って、ふたりしてぐるぐるとまわりはじめる。その光景に蓮は目を細めた。

「あんまり、むこうにいっちゃだめだよ。おちたらたいへんだからね」

訳知り顔で常盤が言う。落ちる、と聞いて、蓮は身をこわばらせた。

「あ、そうか。蓮は、やまからおちたんだもんね」

「まぁね……」

子供に同情するように言われていては、世話はない。蓮は肩をすくめた。

「でも、おちてこなかったら黒緋さまとあえなかったんだよ？」

はしゃぐあまりでんぐり返しをしながら、裏葉が声をあげた。

「それって、蓮にとっても、黒緋さまにとっても、よくないことだったよね？」

「……そうだね」

いろいろあったとしても、もとの世界を恋しく思う気持ちがないわけではない。このまま黒緋の花嫁として、雪豹国に足場を固めてしまっていいものかという気持ちもある。

「蓮は、黒緋さまをあいしてるもんね！」

裏葉が大きな声をあげ、それに蓮はかっと頬を熱くした。

「お、大きな声で言わないで」

「だって、ほんとうのことだもんー！」

裏葉に常磐が加わり、女の子たちが加わって、四人は「あいしてる！」と声をあげながらはしゃぎはじめる。

「やめて……、お願いだから、大きな声で言わないで」

「私も、蓮を愛しているぞ」

黒緋が近づいてきて言った。蓮は新たに胸を跳ねさせ、まじまじと黒緋を見てしまった。

黒緋はにやりと笑い、蓮をますます羞恥させる。

「わーい、黒緋さまが、あいしてるっていった！」

千歳が歓声をあげたので、蓮は尋ねてみた。

「千歳、おまえは黒緋さんの花嫁になるんじゃなかったのか？」

「いまだって、あきらめてないわ！」

ほかの子供たちと一緒になってはしゃぎながらも、千歳は強気な口調でそう言った。

「黒緋さまのちょーあいは、あたしのものよ！」

「でも千歳、黒緋さまが蓮をあいしてるって、よろこんでたじゃないか」

「だって、たのしいんだもーん！」

千歳のテンションが異常に高い。それはほかの子供たちも一緒なのだけれど。蓮は、目をぱちくりさせた。

「うん、たのしいたのしい！」

いつもは寝てばかりの常磐も、千歳と同じようにはしゃいでいる。

子供たちがてんでに勝手なダンスを踊っているのを見ながら、蓮と黒緋は崖の手前の平たい岩の上に座った。大人ふたりには少し小さくて、ふたりは自然と肩を寄せ合う形になる。

「蓮」

「はい？」

名を呼ばれて、同時に肩を抱き寄せられた。蓮は思わずひっくり返りそうになり、反射的に黒緋の袖を掴んでしまう。

「おまえが、運命の花嫁でよかった」

「だから、花嫁ってのは……」

蓮は口ごもる。

「いまだ、慣れぬか」

「……一生慣れないと思います」

蓮の言葉に黒緋は笑い、そのまま彼を抱きしめた。

「わわっ、黒緋さんっ」

子供たちの前なのに、と焦る蓮の頬に黒緋はくちづけをする。

「……この、温《ぬく》もり」

羞恥はまだ色濃いままだけれど、伝わってくる体温は心地いい。目を閉じて、蓮はささやいた。

「やっぱりあのとき、俺を抱きしめてくれたのは、黒緋さんなんですね」

あのとき？　黒緋が不思議そうに言うのに、蓮は小さく笑ってうなずいた。

「俺が、山から落ちたときです。ザイルから手がすべって、崖から落ちて……そのとき、誰かがしっかり抱きしめてくれた」

「私の、花嫁だからな」

くすっ、と小さく黒緋が笑った。

「たとえ違う世界にいようと、おまえがどこにいるかは感じ取れる……そのときの私も、おまえのことを救いたいと思って抱きしめたのだろうな」

「そして俺は、ここに来た」

ふたりの声はふいと途切れ、目が合う。見つめ合う。彼の黒の瞳を見ていると、どき、どき、と胸の鼓動が大きくなって、にわかに恥ずかしくなる。

「蓮」

名を呼ばれ、蓮も彼の名を呼んだ。子供たちのさんざめく声がふたりを包み、幸せという名の風が、その場にいる者の肌を撫でた。

「おい」

黒緋の腕の強さを感じていた蓮は、その風を破る声に、はっと顔をあげた。

「俺のことを、忘れてないか？」

「鴬地さん」

正直、彼がいることを忘れていた。蓮は思わず肩をすくめ、黒緋は大きな声で笑った。

「おまえも早々に、自分の花嫁を見つけることだな」

「よけいなお世話だ」

ふん、と鴬地は鼻を慣らし、傍らを向いてしまう。

「あ、鴬地がおこってるー」

子供たちが楽しげな声をあげた。最近では、ずいぶん柔らかくなった鴬地に、子供たちも懐いているのだ。

「鴬地、こっちにきて。いっしょにおどって？」

「なに？」

四人の子供に取り囲まれ、そのような経験のない鴬地は戸惑っている。それでも裏葉に手を取られ、引っ張っていかれる姿はまんざらでもないようで。

「幸せですね」

「そうだな」

ふたりは目を見合わせ、キスをして。駆け寄ってきた子供たちは、ますますはしゃいだ声をあげた。

「ちゅーしてる！　黒緋さまと蓮、ちゅーしてる！」

「あいしてる、だね、あいしてる！」

「あいしてると、ちゅーしたくなるんだね！」

蓮はまた頬を熱くし、しかし彼を抱きしめる黒緋の腕は、ほどけなかった。

幸せの風が、丘の上を吹き抜けていく。

終

あとがき

こんにちは、いつもありがとうございます。雛宮です。

今回は『異世界で保父さんになったら獣人王に求愛されてしまった件』をお手に取っていただき、まことにありがとうございます。タイトル長いよ！　ごもっともです……ですがこういうタイトルが思い浮かんでしまったのでご容赦ください。担当さんとのやりとりでは『異世界保父さん』と略されておりました。

はじめての異世界トリップものです。現代ものも異世界ものも今まで書いてきたので、それらを組み合わせて、という過程は難しくはなかったのですが、主人公の蓮の心の流れとか、ちょっと悩みました。でも黒緋が攻めらしく頑張ってくれて、ごらんのようにハッピーエンドに持って行けたと思うのですが、いかがだったでしょうか。お楽しみいただけておりましたら幸いです。

作中、山桃が薬をまずいまずいと言うところがあったのですが、イメージとしては漢方薬です。わたしもこの作品の仕上げあたりで早々の夏バテに罹り、漢方薬のお世話になりました。……まずいね！　粉薬はオブラートに逃げたのですが、煎じ薬がまずい上に、煎じるのがなかなか難しくて。いったん沸騰させてから三十分弱火でことこと煮るのですが、その間に蒸発しちゃって水分がほとんどなくなっていることが何度か。先生が言うみたいに、コップ二杯も残らないよ～。火加減の問題なのかしら。いまだに、毎日の課題です。

毎年夏は暑い暑いと文句を言っている私ですが、今年の夏は格段に暑い……気がする？毎年のような気もしますが。そんな中早々にエアコンを導入せざるを得ず、地球環境に申し訳ないと思いつつ、体調を整えております。それでも夏バテになる。

謝意を。イラストを担当してくださった三浦采華先生。ちょろちょろ小さいのがたくさんいていろいろ大変だったと思うのですが、黒緋の雄々しさも蓮の凜々しさも、そして子供たちのかわいらしさもばっちり表現していただいて感謝です。ありがとうございました！

お世話になっております担当さん、いつもながらにお手数をおかけいたしました。そしてかかわってくださったすべてのかたに、感謝しております。

それでは、またお目にかかれますことを祈りつつ。

雛宮さゆら

本作品は書き下ろしです。

ラルーナ文庫

この本を読んでのご意見・ご感想・ファンレターなどお待ちしております。**〒111－0036 東京都台東区松が谷1－4－6－303 株式会社シーラボ「ラルーナ文庫編集部」**気付でお送りください。

異世界《いせかい》で保父《はふ》さんになったら獣人王《じゅうじんおう》から求愛《きゅうあい》されてしまった件《けん》

2017年9月7日　第1刷発行

著　　者｜雛宮《ひなみや》さゆら

装丁・DTP｜萩原 七唱

発 行 人｜曺 仁警

発 行 所｜株式会社 シーラボ
〒111-0036　東京都台東区松が谷1-4-6-303
電話　03-5830-3474／FAX　03-5830-3574
http://lalunabunko.com

発　　売｜株式会社 三交社
〒110-0016　東京都台東区台東4-20-9　大仙柴田ビル2階
電話　03-5826-4424／FAX　03-5826-4425

印刷・製本｜中央精版印刷株式会社

　ISBN978-4-87919-997-3